KB263753

당신 앞의 하루하루가
설렘으로 가득 피어나기를

______________ 님에게

* 일러두기

책에 수록된 작품의 정보는 책 말미에 작가명, 작품명, 제작 연대 순으로 정리해 두었습니다. 단 본문에서는 작가명과 작품명만 밝혔습니다.

설레는 이에겐
모든 날이 봄입니다

오평선 지음

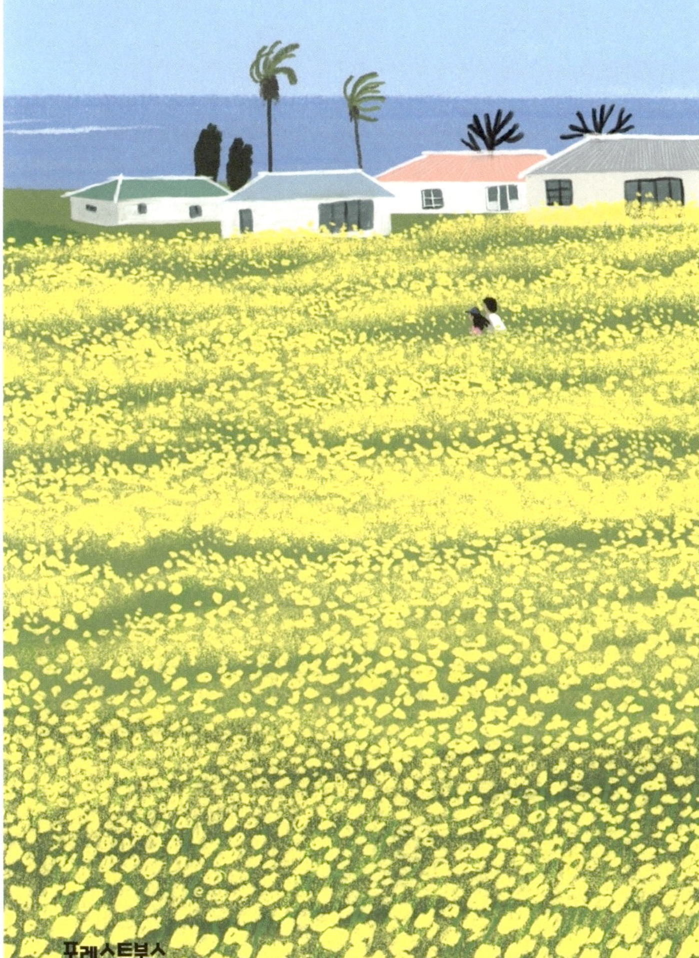

포레스트북스

봄은 나이가 아니라
마음이 선택하는 계절이다

사람은 쉽게 변하지 않는다. 하지만 강력한 계기는 생각을 송두리째 바꾸기도 한다. 나 역시 더 나은 사람으로 변화하고자 노력했으나 몸도 마음도 이내 관성을 따르곤 했다.

그러나 몇 년 전 갑자기 찾아온 심근경색으로 삶과 죽음의 경계를 밟은 뒤, 이전에 붙잡고 있던 것들과는 등을 돌리고, 새로운 것들과 친해졌다. 이제 나는 멀리 있는 희귀한 행복보다 가까이 있는 작은 행복을 누리느라 바쁘다. '내일은 내게 오지 않을 수 있다'는 마음으로 오늘 주어진 기쁨을 최선을 다해 성실하게 즐긴다.

내가 하고 싶었던 일을 하기 위해 나에게 시간을 주고, 가족과도 더 많은 시간을 보낸다. 아내와 함께 여행하다 보면 학창 시절 소풍을 앞두고 느꼈던 설렘이 되살아난다. 뒤로 미뤘던 것들을 하나하나 실행하면서 내 삶이 여전히 새롭다는 것을 확인한다.

젊을 때는 새로운 일이나 활동을 시작할 때 경험이 없으니 두려움이 있었고, 경험해 보지 않았기에 설렘이 있었던 것 같다. 젊음의 혈기가 무기가 되어 설렘이 두려움을 이기고 실행하는 것이 많았다.

나이 들며 경험이 쌓여서 그런지 새로운 도전 앞에 서면 두려움은 적지만 설렘도 같이 작아지는 느낌이 든다. 아마도 자신의 나이가 이제는 추수할 때이지 새로운 씨앗을 뿌릴 때는 아니라는 생각이 강해지기 때문인 것 같다.

만물이 피어난다는 봄에도 피지 못하거나 바로 시드는 꽃이 있고, 겨울의 한복판에서도 피어나는 꽃이 있다. 여러 요인이 있겠지만 근원은 뿌리의 튼실함 같다.

인간의 신체적 노화는 막기 어렵지만, 마음의 노화는 자신의 의지에 따라 바꿀 수 있다. 이십에도 마음의 꽃이 시들 수 있고, 팔십에도 마음속에 꽃을 활짝 피우고 살기도 한다. 봄은 나이와 무관하게 피어난다.

하고 싶었던 것을 미루고 살다 두려움을 이겨내고 늦게나

마 도전하는 경우 그때 느끼는 설렘은 마음에 박동을 높이고 숨어 있던 에너지가 닫힌 문을 열고 나오게 한다. 젊을 때처럼 빨리 타오르고 강렬할 수는 없지만, 열정은 불타야만 하는 것은 아니다. 은은하지만 꺼지지 않고 지속하는 것도 열정이다.

세계적인 화가 모네는 시력이 급격히 약해졌음에도 칠십이 넘어 연작 〈수련〉을 그렸고, 어떤 이는 여든이 넘은 나이에 대학에 입학했고, 어떤 이는 은퇴 후 마라톤 풀코스를 완주했다. 예순에 기타를 배우기 시작해 손주와 무대에 서는 이도 있다. 이들의 공통점은 마음의 뿌리가 살아 있어 여전히 설렘을 피워냈다는 것이다.

설렘이 있다는 것은 뿌리가 살아 있다는 증표다. 뿌리가 살아 있으면 사계절 꽃을 피울 수 있다. 모든 날이 봄이 된다. 그 봄을 일찍 맞이하는 사람도 있고 늦게 맞이하는 사람도 있다. 일찍 핀 꽃도 봄이고 늦게 핀 꽃도 봄이듯이 시기의 문제가 아니다.

나이 들었으니 씨앗을 뿌리면 안 된다는 것은 자기가 만든 보이지 않는 울타리일 뿐이다. 남아 있는 삶에 부정적 영향을 줄 수 있는 심각한 도전이 아니라면 설렘으로 두려움을 멋지게 이겨내보자.

＊＊＊＊＊

카르페디엠carpe diem! 봄은 나이가 아니라, 지금 이 순간 마음이 선택하는 계절이다.

사계절 봄처럼 살고 싶은

오평선

* 차례 *

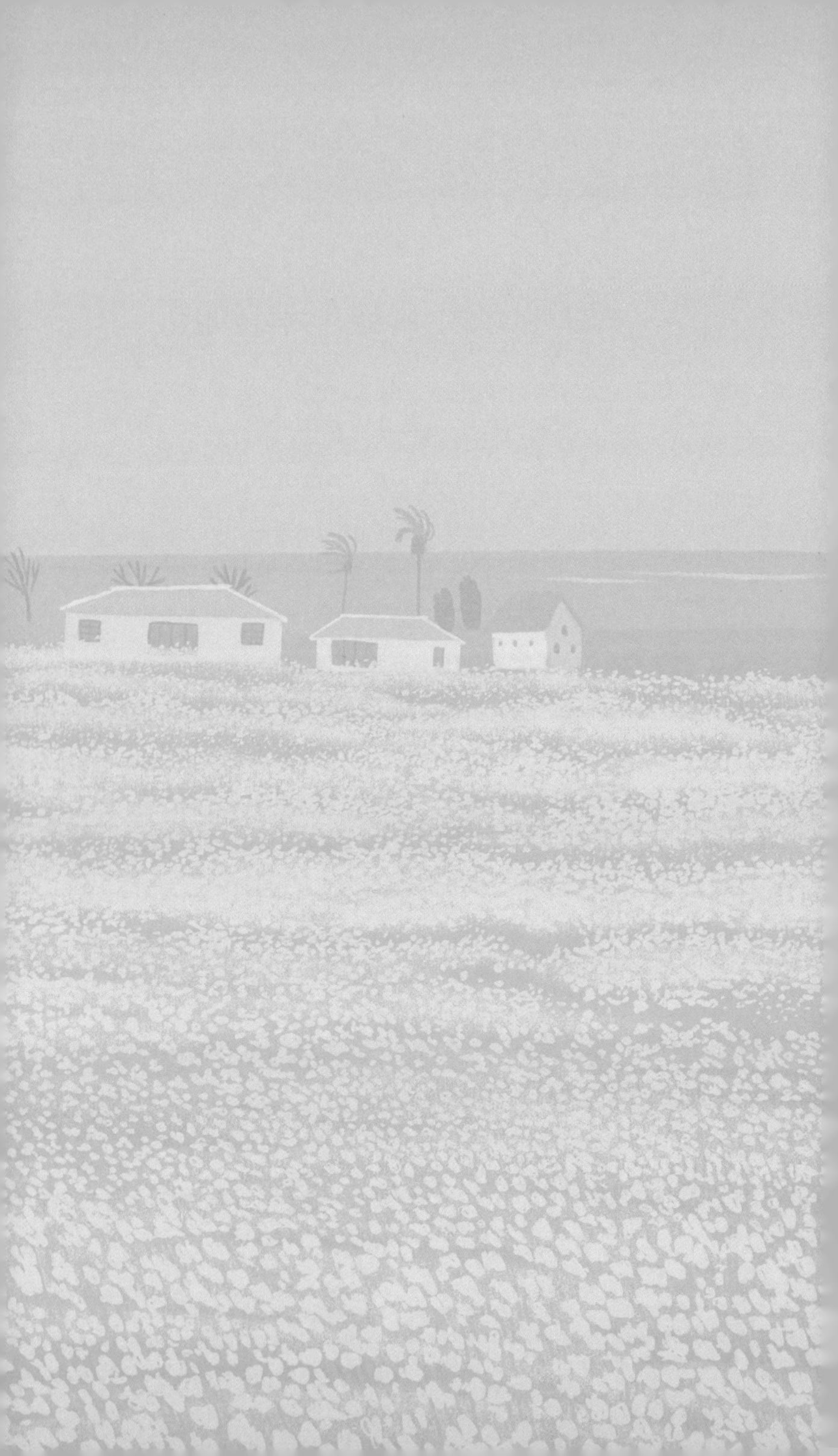

1장

마음을 비워야
행복이 날아들어온다

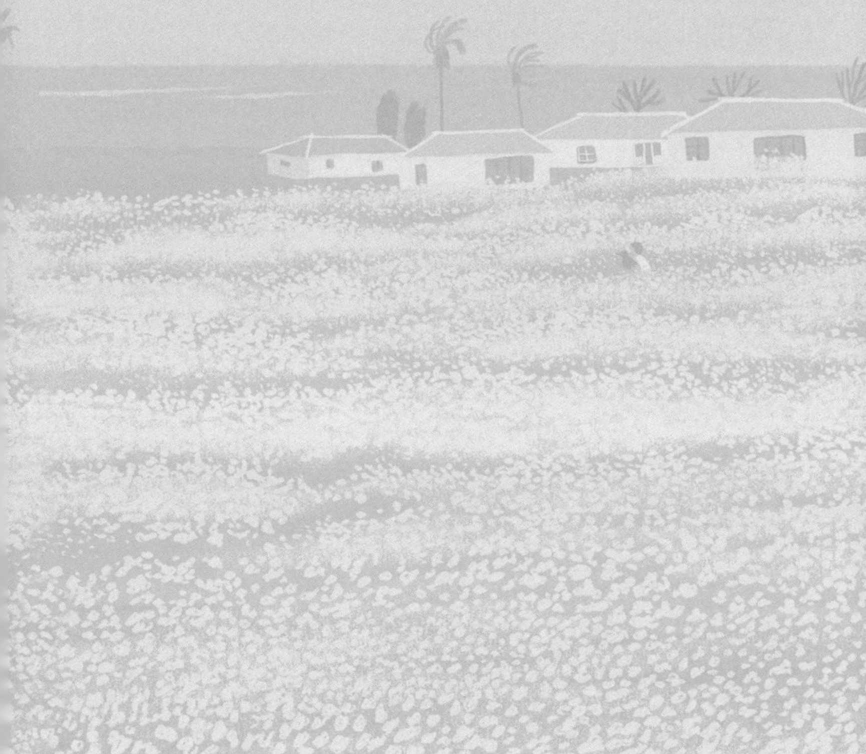

만족을 느끼는 하루가
인생에 며칠이나 있는가

우리는 사실 원하는 것을 이루지 못해서가 아니라
끊임없이 원하는 것을 추구하고
무엇 하나 내려놓지 못해 힘들다.

나 역시 원하던 것을 얻어도 만족은 잠깐이었고
금세 또 다른 것을 또 원했다.
채우지 못한 것들에 대해 한숨 내쉬며 투덜거렸다.

어느덧 생각해보니
살면서 만족스러웠던 하루는 손가락으로 꼽을 정도였다.
반면에 아쉬웠던 하루는 손가락이 모자랄 정도였다.

그러다 문득 깨달았다.
가장 적은 것으로도 만족하는 사람이
가장 부유한 사람이라는 것을.

인생을 살면서 만족을 느끼는 하루가
며칠이나 있었을지 생각해보자.

이제는 갖지 못한 것을 아쉬워할 때가 아니라
만족스러운 하루를 채우지 못한 것을
아쉬워해야 할 때다.

행복이란 사막의
모래 알갱이 하나에서도 발견할 수 있다.

- 파울로 코엘료

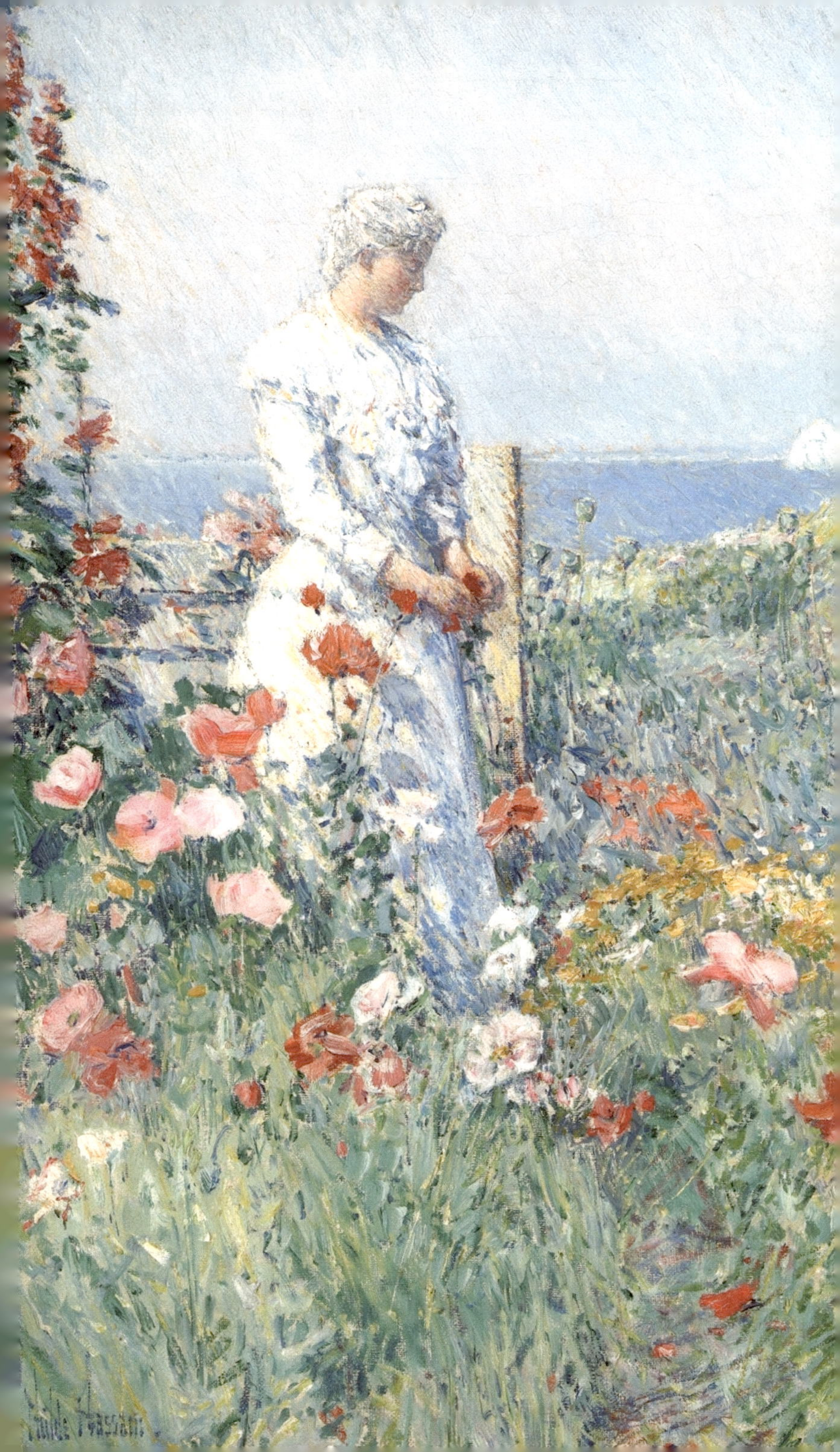
Childe Hassam

상처와 생각을 걷어내는 것이 여행이다

바다가 보이는 숙소에 짐을 풀고
가벼운 복장으로 나와
백사장에 철퍼덕 주저앉는다.

바다가 있는 곳에서 오래 자라 그런지
바다에 오면 왠지 엄마 품처럼 포근하다.

눈을 지그시 감고
밀려오는 파도에
몸과 머리를 씻는다.

바디워시 같은 바다 거품에
묵은때를 깨끗이 씻어낸다.
바닷바람은 드라이기가 되어
젖은 몸과 마음을 말려준다.

여행이란 현실 세상에서 쌓인

온갖 부정적인 감정과 생각

그리고 사람으로 인한 상처를 걷어내는 것.

허파에 저장된 신선한 공기로

또 얼마간을 버티며 살아가련다.

마음이 열려야
행복도 같이 온다

마음의 문이 닫혀 있으면
봄꽃이 지천으로 피어도
꽃이 눈으로 들어오지 못한다.
눈으로 들어오지 못하면
마음으로 들어올 수 없다.

내가 환하게 웃어주니
꽃도 활짝 웃으며 내 품에 안긴다.

내 마음이 열려야 비로소 봄이 온다.
열린 틈으로 행복도 같이 온다.

* * * * *

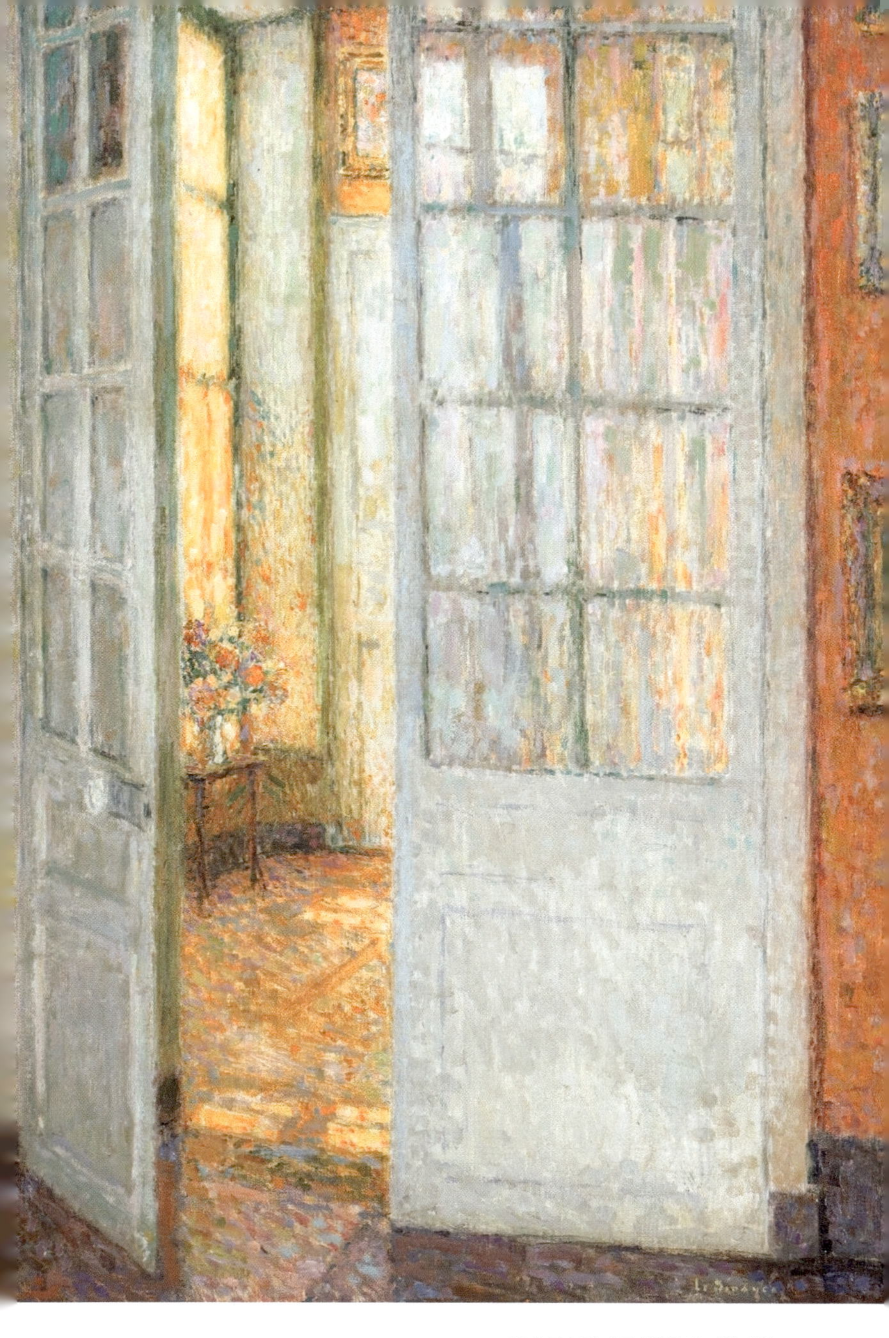

앙리 르 시다네르, 「창문에 비친 태양」

행복은
늘 코끝을 맴돈다

산등성이에 있는 텃밭에 오면
의자에 앉아 채소가 자라는 모습도 보고
씨앗이 싹을 틔우는 경이로운 모습도 본다.

그러다 의자를 산으로 돌린다.
잠시 세상 걱정을 등지고 앉는 시간이다.
눈을 지그시 감고
산바람을 느낌으로 소리로 실컷 먹는다.

연하디연한 잎이 나오고,
우산처럼 내 자리를 감싸주는
왕벚나무도 곧 꽃이 터질 것 같다.

옆에 앉은 강아지는
명상이 그다지 마음에 들지 않는지

집에 가자고 눈치를 준다.

행복은 늘 내 코끝을 맴돈다.
너무 멀리 보면 잘 안 보이고
가까이 보면 늘 내 곁에 있다.

부의 영향력보다
마음의 영향력이 훨씬 크다

삶의 여유를 위해 어느 정도의 부는 필요하다.
부정하기 힘든 현실이다.
하지만 인생에는 부의 영향력보다
마음의 영향력이 훨씬 크다.

마음은 밭과 같다.
그곳에 어떤 씨앗을 뿌리느냐에 따라
삶의 결실은 달라진다.
행복의 씨앗을 심으면 기쁨이 자라나고,
불행의 씨앗을 심으면 괴로움이 자라난다.

씨앗은 스스로 크지 않는다.
정성껏 가꾸어야 꽃이 피고 열매를 맺는다.
마음을 돌보는 일 또한 다르지 않다.
작은 순간을 소중히 여기고,

매일의 삶을 감사히 가꾸다 보면

소박하지만 황금보다 귀한 행복이 자라난다.

결국 삶의 풍요로움은

부가 아니라 마음에서 시작된다.

하늘을 올려다볼 때,

그 평온한 빛을 느낄 수 있다면

그것이 바로 삶의 가장 큰 부다.

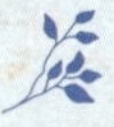

행복은 외부에서 오는 것이 아니라,
내 마음에서 자란다.

- 아리스토텔레스

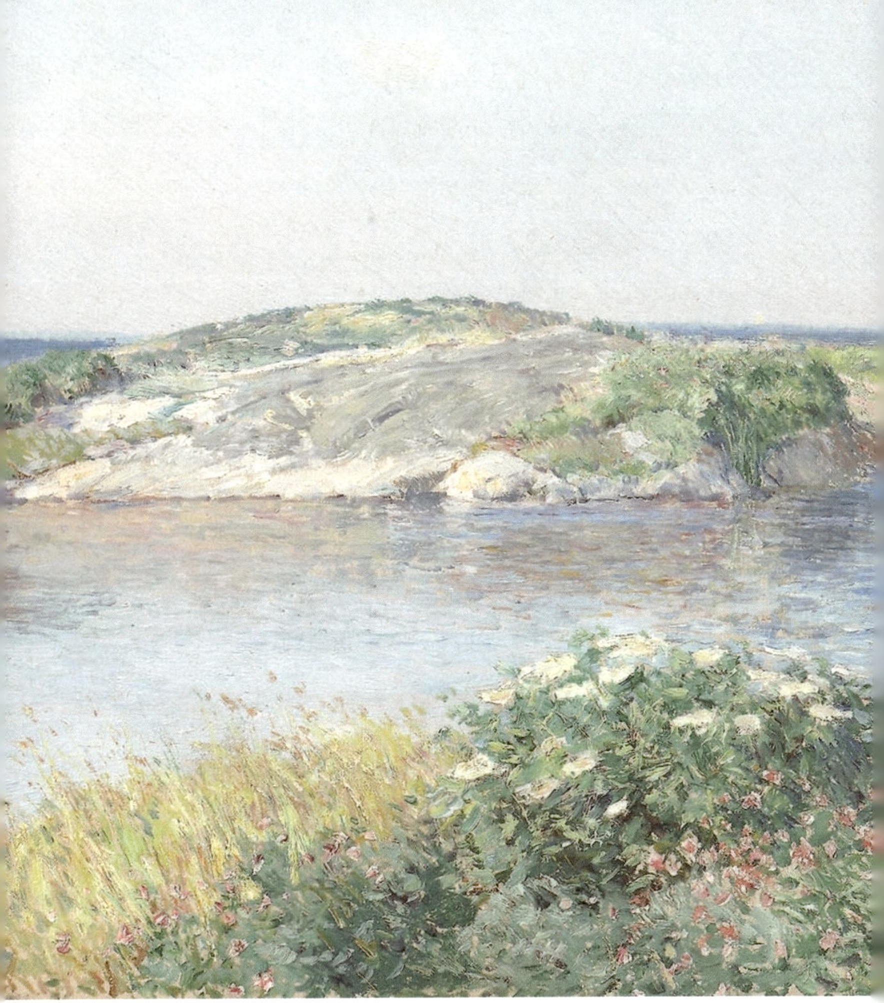

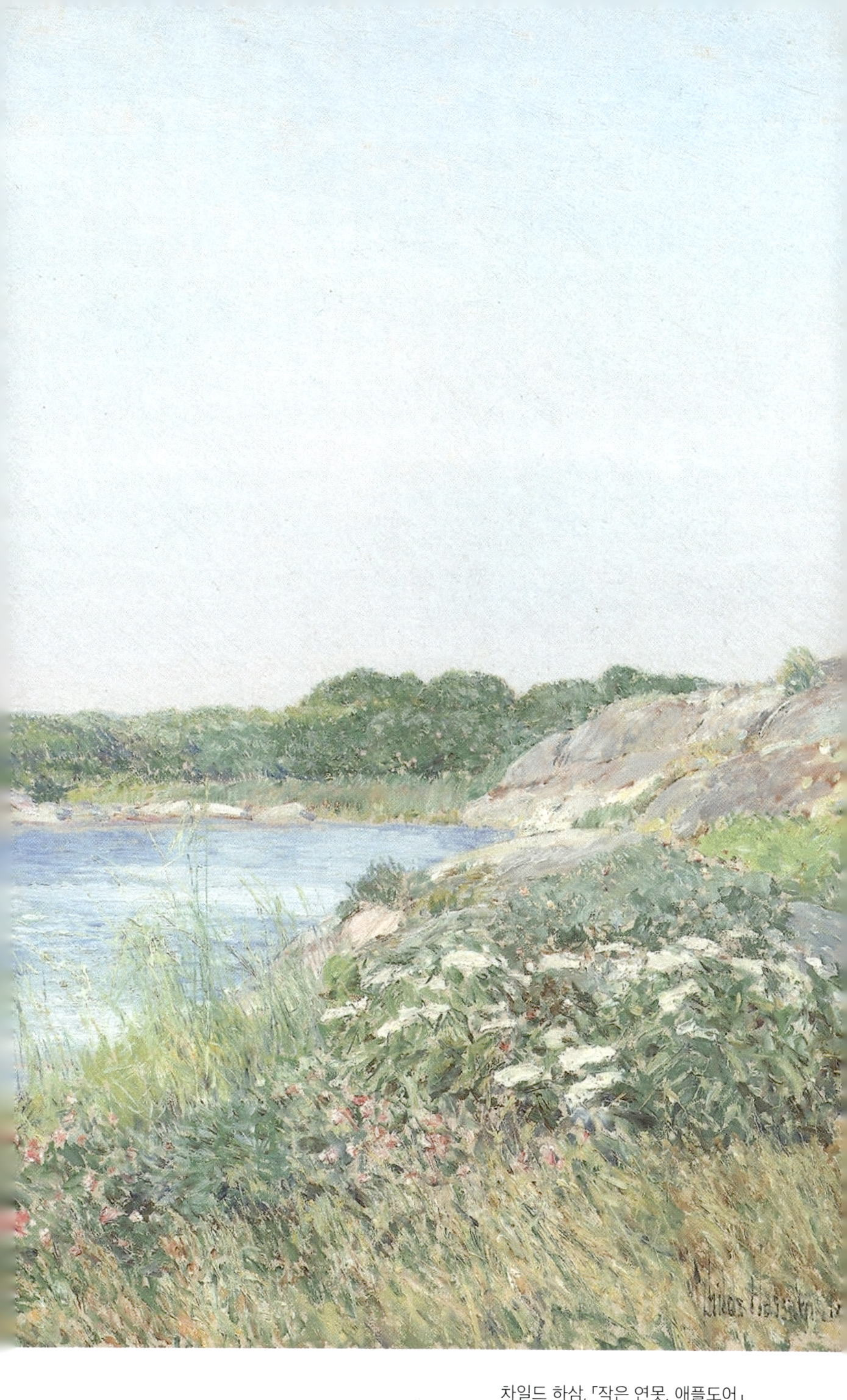

차일드 하삼, 「작은 연못, 애플도어」

여행이든 삶이든
짐은 적게 싸는 것이 좋다

여행을 떠날 때 가방에
지나치게 많은 것을 담으면 여행 내내 짐이 된다.
온갖 염려 때문에 실제 쓰지도 않을 것들이
대다수를 차지하기도 한다.

여행은 완전한 상태를 기대하며 떠나는 것이 아니다.
없으면 없는 대로 불편함을 감수하는 것이다.

삶이라는 여행길도 짐이 무거우면
무거운 짐을 끌고 다니느라 고생하고
여행을 즐기지도 못한다.

가지고 다니기 힘들고 불편할 것을 알면서도
여행 가방에 이것저것 계속 채우려 한다.
욕심의 무게는 여행자의 짐이 된다.

여행이든 삶이든 짐을 적게 쌓아라.
그래야 가볍게 다니며 즐길 수 있다.

비교는 행복의
절대 기준을 무너뜨린다

한때 부탄은 세계 행복지수 1위 국가였다.
자신들이 행복하다고 믿던 사람들은
도시화와 인터넷을 통해
다른 세상을 알게 되었다.

그리고 다른 나라 사람들과
자신을 비교하기 시작하면서,
스스로 못산다고 느꼈다.
그 순간부터 행복지수는 급락했다.

비교는 행복의 절대 기준을 무너뜨린다.
비교할수록 부족함만 보이고, 만족은 사라진다.
해로운 것일수록 빠르고 강하게 번지는 법,
비교가 바로 그렇다.

* * * * *

행복은 얼마나 많이
가지고 있느냐에 달린 것이 아니다.
내가 가진 것, 지금 누리고 있는 것을
얼마나 감사히 받아들이느냐에 달려 있다.

지금에 만족할 줄 아는 마음이야말로,
비교로부터 나를 지키는 가장 확실한 힘이다.

다른 이와 자신을 비교하지 말라.
어제의 당신과 오늘의 당신을 비교하라.

- 벤저민 프랭클린

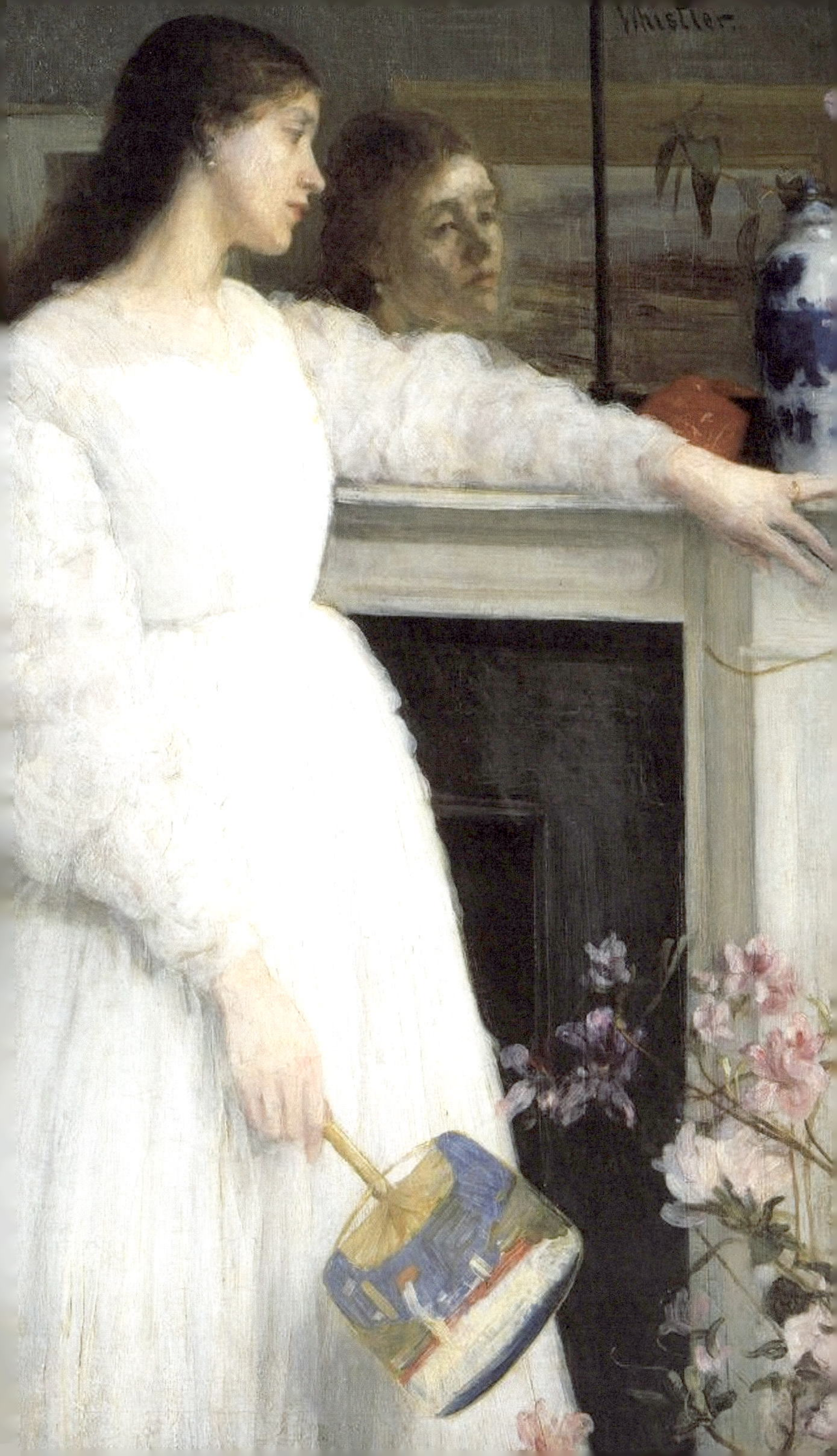
Whistler.

경로를 이탈해야만
보이는 것들

옆을 살필 여유조차 반납하고 사는 일은
이제 그만두자고 결심하고
초고속으로 달리던 선로에서 이탈해
완행열차로 갈아탔다.

드디어 이제는
내가 원하는 속도로 달리다 서서
딴짓도 하고 여유를 부린다.

성취욕이 가속을 유도했던 시절,
더 많은 것을 붙잡았다고 생각했는데
정작 내가 손에 쥔 것은
허망한 신기루 같은 것이었다.

완행열차를 타고
세상을 차분하게 보기 시작하니
진정 소중한 것이 무엇인지 보인다.

살면서 마음 편히 안길 가슴 하나,
살면서 마음 놓고 울 수 있는 등 하나만 있어도
든든하다는 것을 알았다.

나는 전보다 느리게 가지만
더 많은 것, 더 소중한 것을 본다.

눈앞의 행복부터 소중히 여겨야 한다

한 연구에 따르면,

세계대전 중이던 1940년대보다

지금의 인류가 더 불행하다고 한다.

물질적 풍요가 모든 것을 해결해주는

만능열쇠가 아님을 알게 되었기 때문이다.

물질적 충족에는 끝이 없다.

그러나 현명한 사람은 쉽게 얻을 수 있는 것,

곁에 있는 것에서 행복을 발견한다.

진정으로 소중한 것일수록 잃기 전에는

그 가치를 깨닫지 못하고,

잃고 나면 돌이킬 수 없는 충격을 남긴다.

아침에 누군가가 무사히 집을 나서고,

저녁에 다시 돌아와 함께 식탁을 마주할 수 있다는 것.

그 단순한 일상이야말로 가장 큰 행복이다.

행복은 멀리 있는 것이 아니다.
내 생각을 조금만 바꾸면 된다.
망설이다 뒤늦게 깨닫고 후회하지 않으려면,
오늘 눈앞의 행복을 소중히 여겨야 한다.

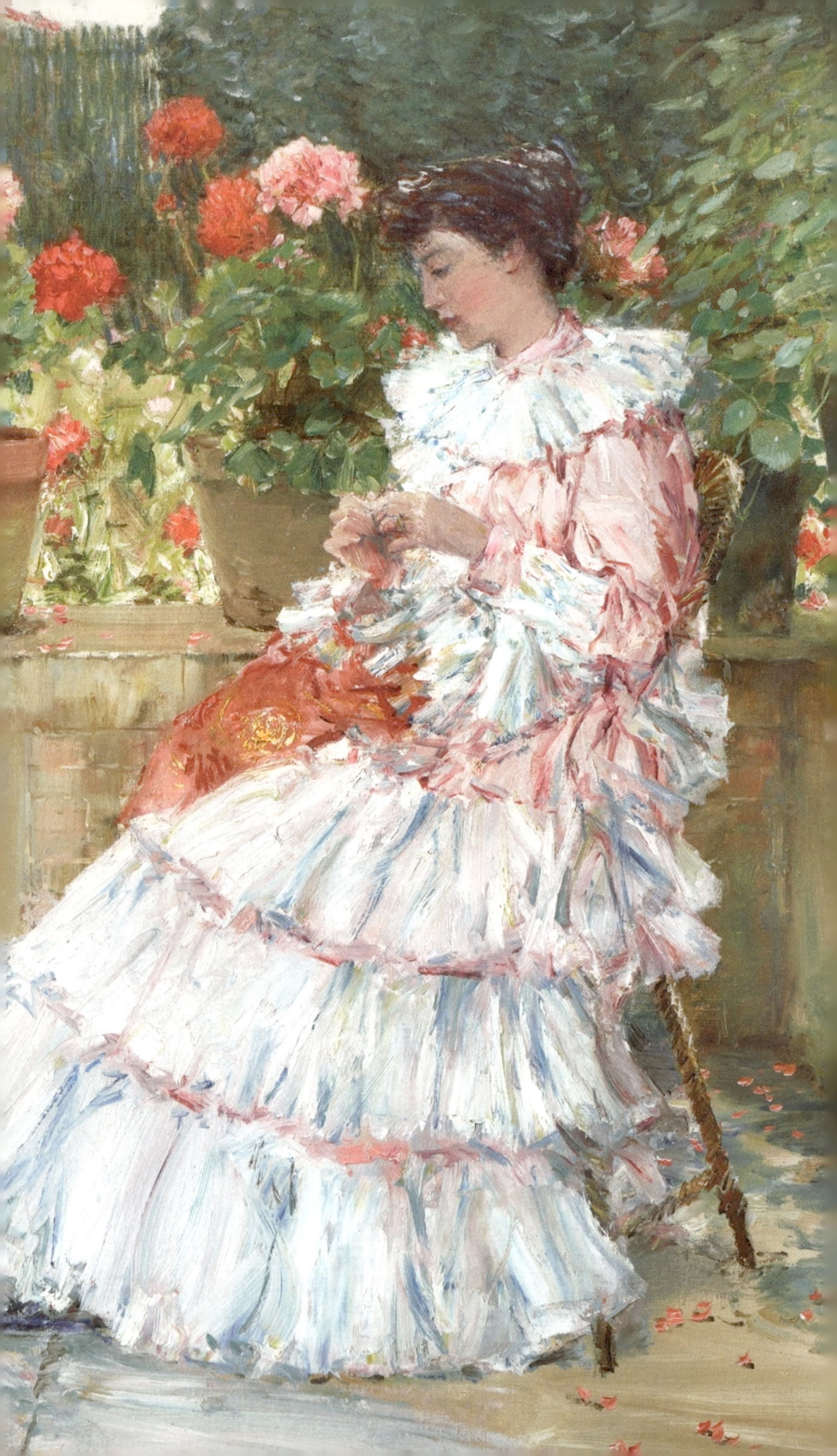

우리를 행복하게 만드는 것은
많은 재산이 아니라 적은 욕망이다.

- 에피쿠로스

차일드 하삼, 「제라늄」

세월만큼
성실한 존재도 없다

온 힘을 다해 채소를 길러내어
한 계절 식탁을 풍성하게 해주었던 땅은
지금 무더위 속에서 숨 고르기를 하고 있다.

땅이 쉬면서 힘을 모을 수 있도록
갈 때마다 풀을 뽑아주지만
이내 비를 머금고 자란 풀들이 땅의 휴식을 방해한다.
너도 생명이니 살려고 애쓰는 것이 당연하지,
그러려니 한다.

팔월 중순쯤 더위도 스스로 지쳐 꺾일 때가 오면
다시 밭에 퇴비를 주고 땅을 갈아엎을 것이다.
그리고 가을 상추와 배추, 무를 심을 준비를 할 것이다.

지금은 여름의 한복판이니

의자에 앉아 눈을 감고 산바람을 마신다.

몇 번 더 눈을 깜빡이면 가을바람이 불어올 것이고,

또 몇 번 깜빡이면 겨울이 올 것이다.

그렇게 눈 깜빡이는 사이에

한 해가 흐르고, 또 지나갈 것이다.

세월만큼 성실한 존재도 없는 것 같다.

한 치의 여유도 없이 무심하게

그러나 한결같이 흐르는 세월이라는 놈.

시간을 낭비하는 것이 아니라
행복을 생산하는 것

돈을 벌고 축적하기 위해

영향력을 넓히기 위해

지위를 높이기 위해

몸과 마음을 아낌없이 바치며 살았다.

나뿐만 아니라 가족의 행복을 위해서였다.

치열하게 살았던 전쟁터에서 나와

일이 줄어든 만큼 여유로운 시간이 채운다.

아내와 영화를 보고, 산책하고, 여행을 다닌다.

손주와 손잡고 놀이터에서 유치하게 놀고

함께 냇가에 가서 천진난만하게 논다.

오랫동안 행복을 얻기 위해

발에 땀 나게 살아왔는데

이렇게 느슨하게 살아도 될지 가끔은 불안하다.
그러다 일을 더 늘리려는 생각도 하게 된다.

하지만 이런 갈등을 이겨내야
가족과 맛있는 음식도 먹고 수다를 떠는 것,
아내와 함께하는 모든 시간,
내가 좋아하는 사람들과의 시간을 쓰는 것이
낭비가 아닌 행복을 생산하는 것이라는 사실을 깨닫는다.

늦었지만 나는 행복이 무엇인지 알게 되었다.
나는 행복을 누리며 살고 있다.

천 리 밖 보석보다
눈앞의 풍경이 더 값지다

산사에 있는 고요한 카페에서
대추차를 마신다.
혀로 느끼는 맛보다
코로 느끼는 향이 더 그윽하니 좋다.

내 눈과 마음에 푸르름을 입히니
창밖에 서 있는 앙상한 나무에도
파란 잎이 돋아난다.

천 리 밖에 있는 보석보다
내 눈앞에 있는 풍경이 더 값지다.

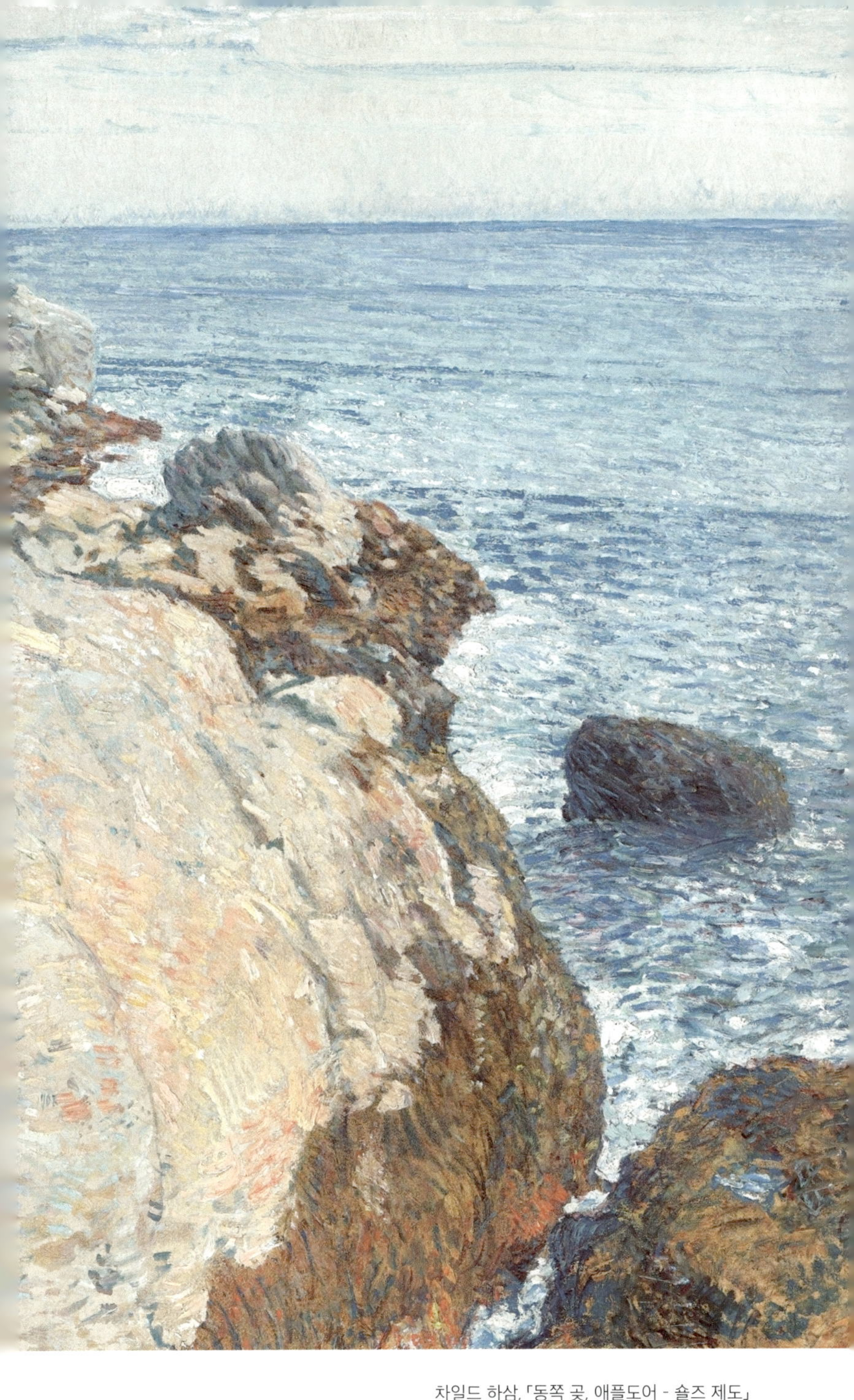

차일드 하삼, 「동쪽 곶, 애플도어 - 숄즈 제도」

행복에도
유통기한이 있다

———————

젊은 시절, 미래를 위해 참고 견디라는 말은
반은 맞고 반은 틀린 것 같다.
성장을 하려면 인내가 필요하고
성장을 해야 미래가 보장되고 탄탄해지는 것은 사실이다.

하지만 행복을 느끼는 것조차
미래를 위해 미루는 것은 우둔한 짓이다.

10대의 호기심이
20대의 열정이
30대의 소망이
지금도 유효한지 돌아볼 필요가 있다.

그때는 간절히 원했거나 필요했지만
지금은 전혀 그렇지 않을 수도 있다.

행복에도 유통기한이 있다.
그때그때 느끼지 않고 미루면
유통기한이 지나가 폐기되고 만다.

내 인생을 돌아봐도
유통기한이 지나 폐기한 행복이 수천수만 개다.

10대에 행복을 느낀 사람이
긍정적이고 열정적으로 살기에
20대에도 행복을 흘려보내지 않고 누리며 살 것이다.
행복도 느껴본 사람이 또 느끼는 것이다.

행복을 아껴서 나중에 먹으려고
썩게 하는 짓은 이제 그만.

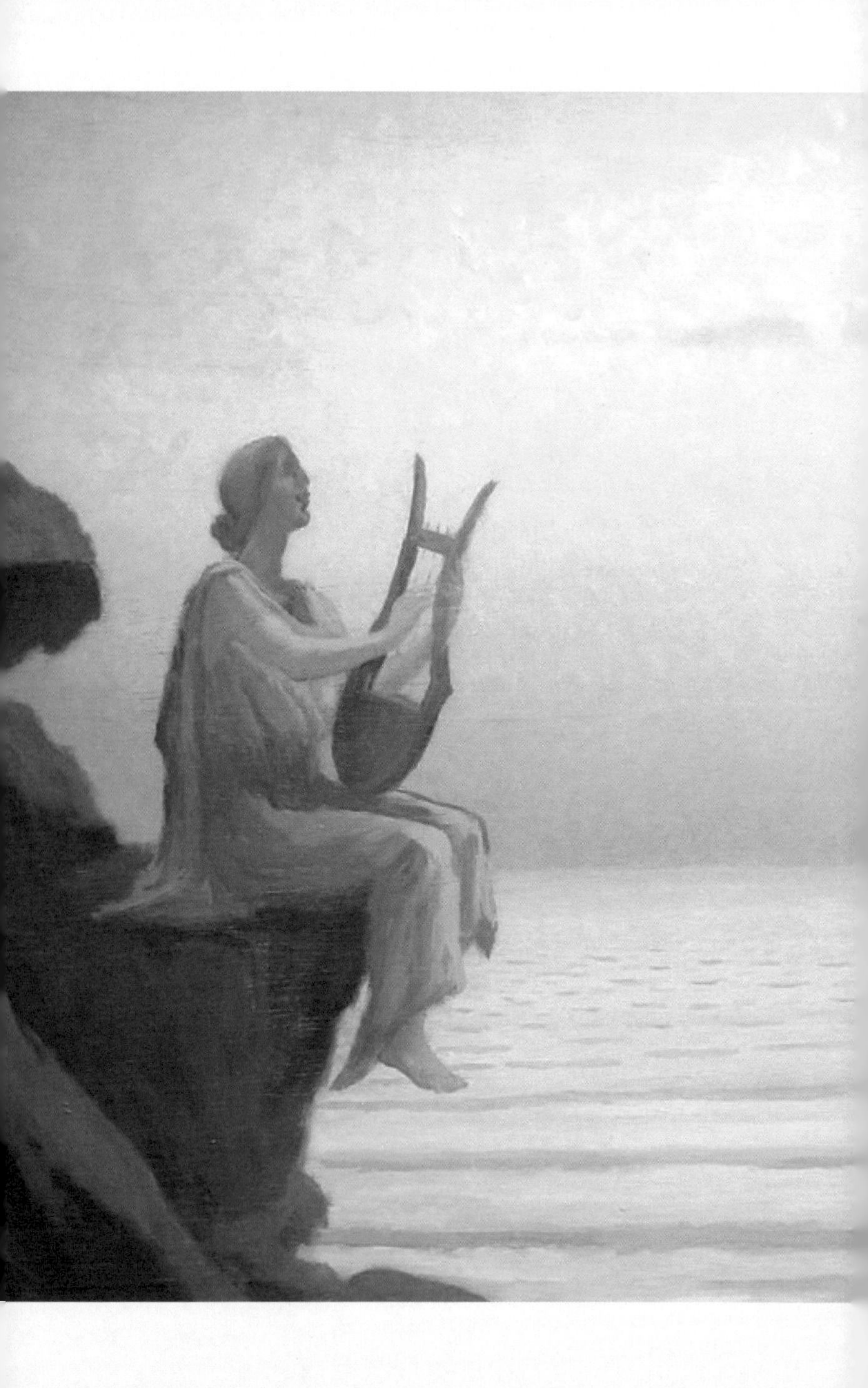

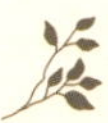

내면의 평화를
얻는 법은,
바꿀 수 없는 것은
받아들이는 것이다.

– 라인홀드 니버

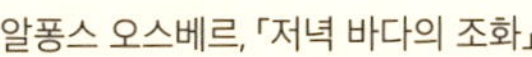

알퐁스 오스베르, 「저녁 바다의 조화」

꽃이 떨어질 때를
대비해 준비해야 할 것

삶은 누구에게나 유한하다.

아름다운 꽃도 때가 되면 시들고
흙과 공기로 사라진다.
떨어지고 사라질 것을 염려해
활짝 핀 시기에도 걱정하며 즐거움을 누리지 못한다면
그보다 바보스러운 일은 없다.

다만 영원히 그 모습일 것이라는 착각은 하지 말고
때가 되면 시든다는 사실을 인정하며 살면 된다.

인간도 꽃처럼 태어나고 성장하며 절정기에 이른다.
그 시기가 지나가면 당연히 마무리 단계로 접어든다.
언젠가는 반드시 꽃이 떨어지고 흙과 공기로 하나 된다.

60이 넘으며 이러한 진리를 인정하고

여유로운 마음을 곁에 두니

욕심이라는 무게는 갈수록 가벼워진다.

꽃이 떨어질 때를 대비해

이처럼 편안한 마음을 하나씩 준비해야 한다.

감정은 쌓아두는 것이 아니라
흘려보내야 한다

인간은 저마다 다른 색깔의 감정을 입고 살아간다.
그중에서도 불편한 감정은 '표현을 자제하라'는
무언의 압박 속에 억누르는 데 익숙해졌는지도 모른다.
화가 나도 참아야 하고, 힘들어도 괜찮은 척하며
두려움과 불안을 애써 감추며 살아간다.

그러나 감정은 참는다고 사라지지 않는다.
숨긴 감정은 쌓이고, 곪고, 결국 더 크게 터진다.
억누른 감정은 내면에서 부패해 악취를 풍기고,
그 악취를 고스란히 자신이 짊어지고 살아가게 된다.

감정을 드러내는 방식이 문제일 수는 있어도,
감정을 표현하는 자체가 잘못은 아니다.

불편한 감정도 쌓아두지 말고 그때그때 풀어내야 한다.

당사자에게 직접 말하기 어렵다면
믿을 만한 지인에게 털어놓거나
글로 써보는 것만으로도 충분히 해소될 수 있다.

나는 일기를 통해 감정을 풀어낸다.
글로 쓰면 감정이 정리되고,
 내 생각을 되짚을 기회가 된다.
또한 운동, 여행, 명상, 친구와의 만남 등
자신만의 해소 방법을 찾는 것도 중요하다.

감정이 생기는 것은 지극히 자연스러운 일이다.
중요한 건 감정을 쌓지 않고 건강하게 풀어내는 지혜다.

감정은 억누를 것이 아니라
이해해야 할 신호다.

- 다니엘 골먼

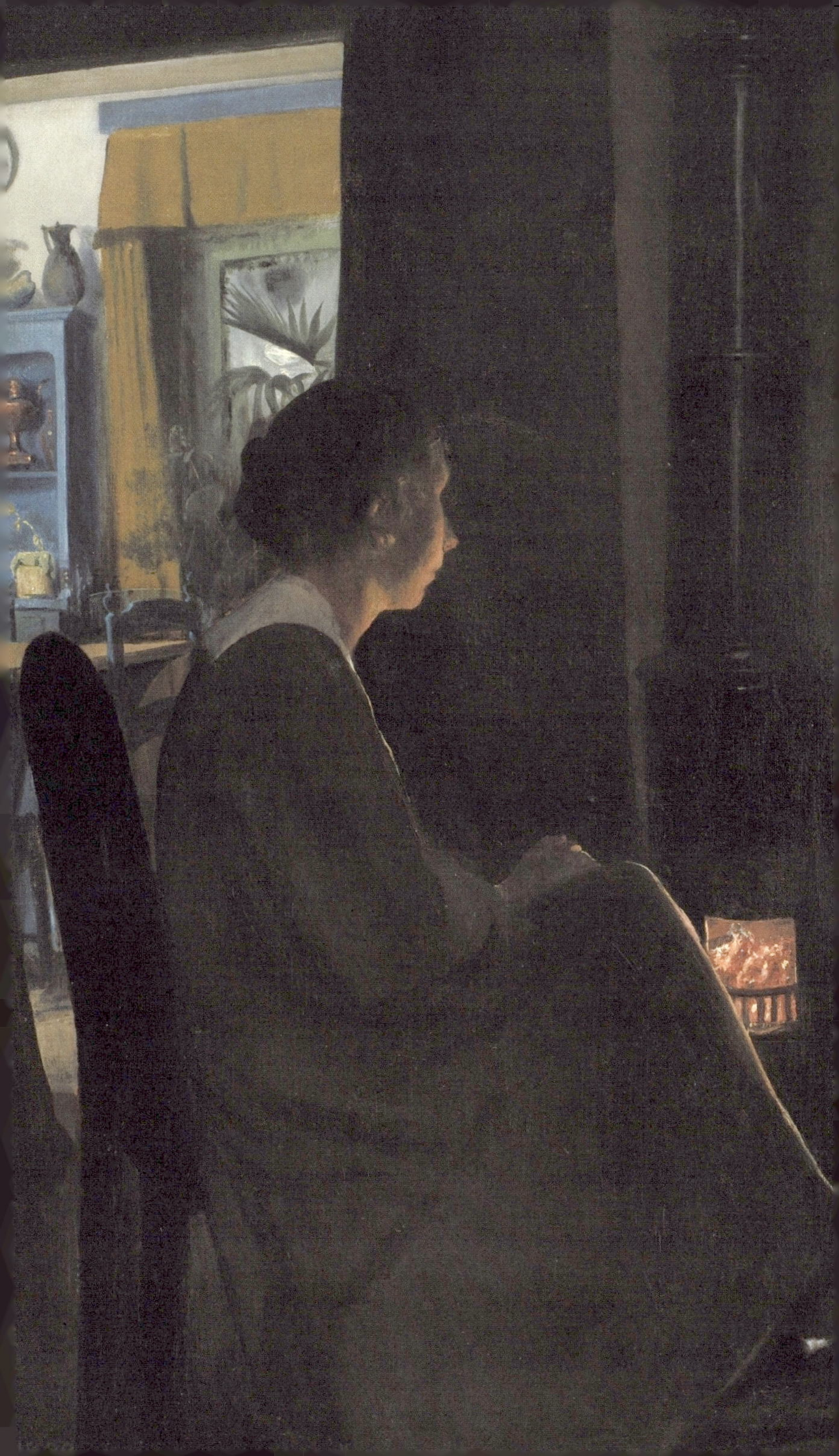

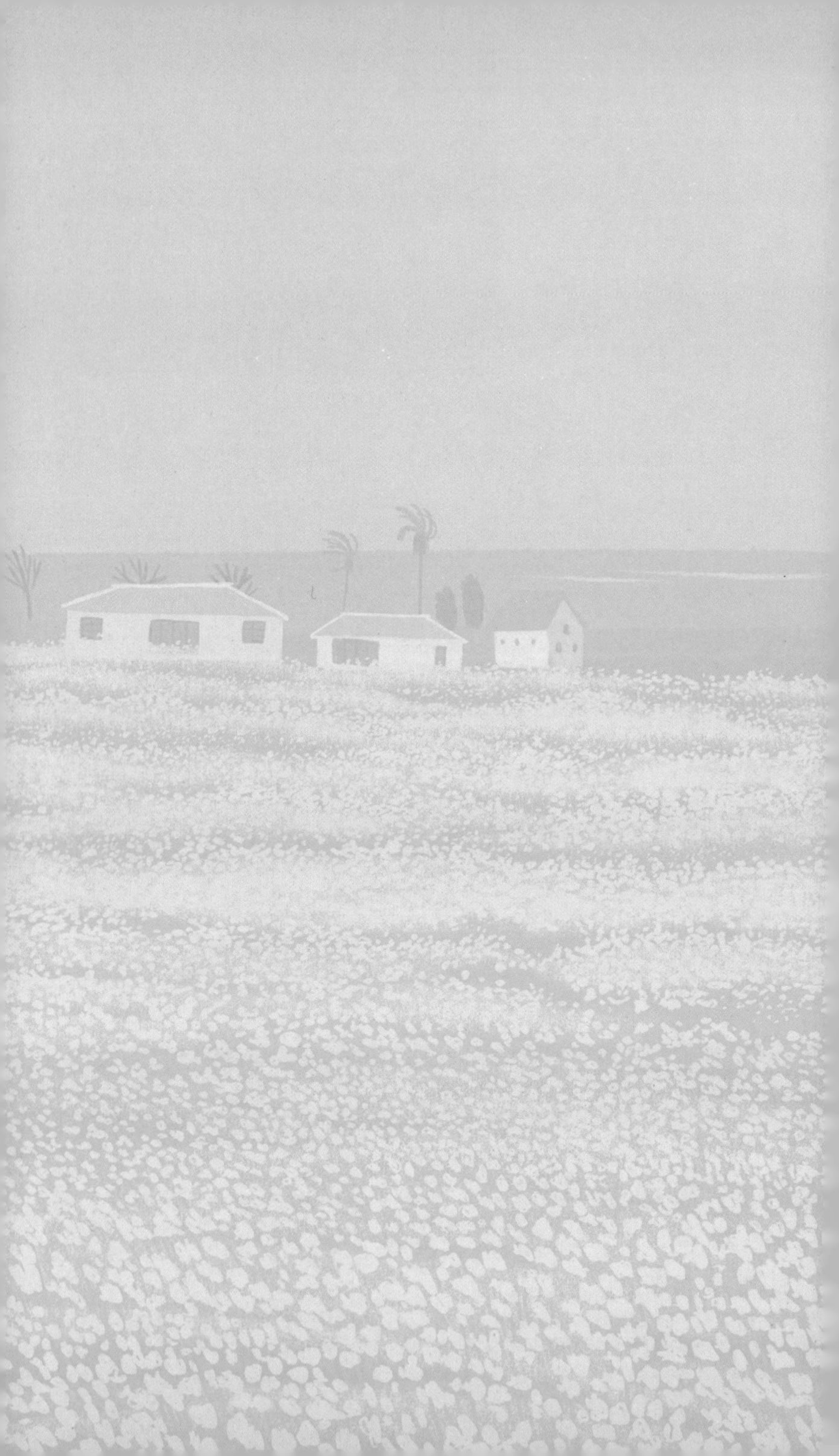

2장

삶이라는 여행에
걱정은 데려가지 마라

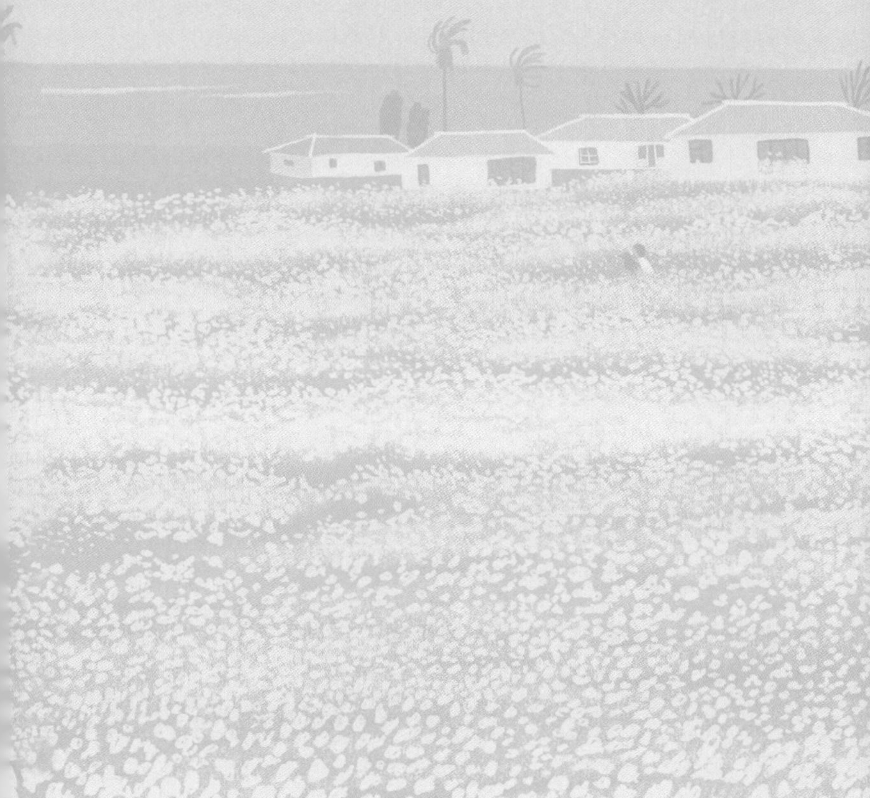

나다운 것이
가장 아름다운 것

───────

아름답다는 '나我답다'에서 파생되었단다.
그러니 나다운 것이 가장 아름다운 것이다.

하지만 우리는
자신에게 존재하는 아름다움을 무시하고
남의 아름다움만 좇으려 한다.
그러다 보니 나다운 삶인지 남 닮은 삶인지
구분이 되지 않을 때도 있다.

나다운 삶을 방해하는 적은
남의 시선을 지나치게 의식하는 태도다.
남에게 잘 보이거나 잘난 척하고 싶어서
자신에게도 불편한 의식된 행동을 하기도 한다.

＊ ＊ ＊ ＊ ＊

남에게 보여줄 필요도

남과 비교할 필요도 없다는 것을 깨닫는 순간

자신만의 시간이 시작된다.

한 번뿐인 기회라면

그래도 내 삶을 나답게, 아름답게 살아야지 않겠나.

그래야 미소 지으며 떠날 수 있을 것이다.

너 자신이 되라.
다른 사람은 이미 존재한다.

- 오스카 와일드

에밀 클라우스, 「금발 머리의 소녀」

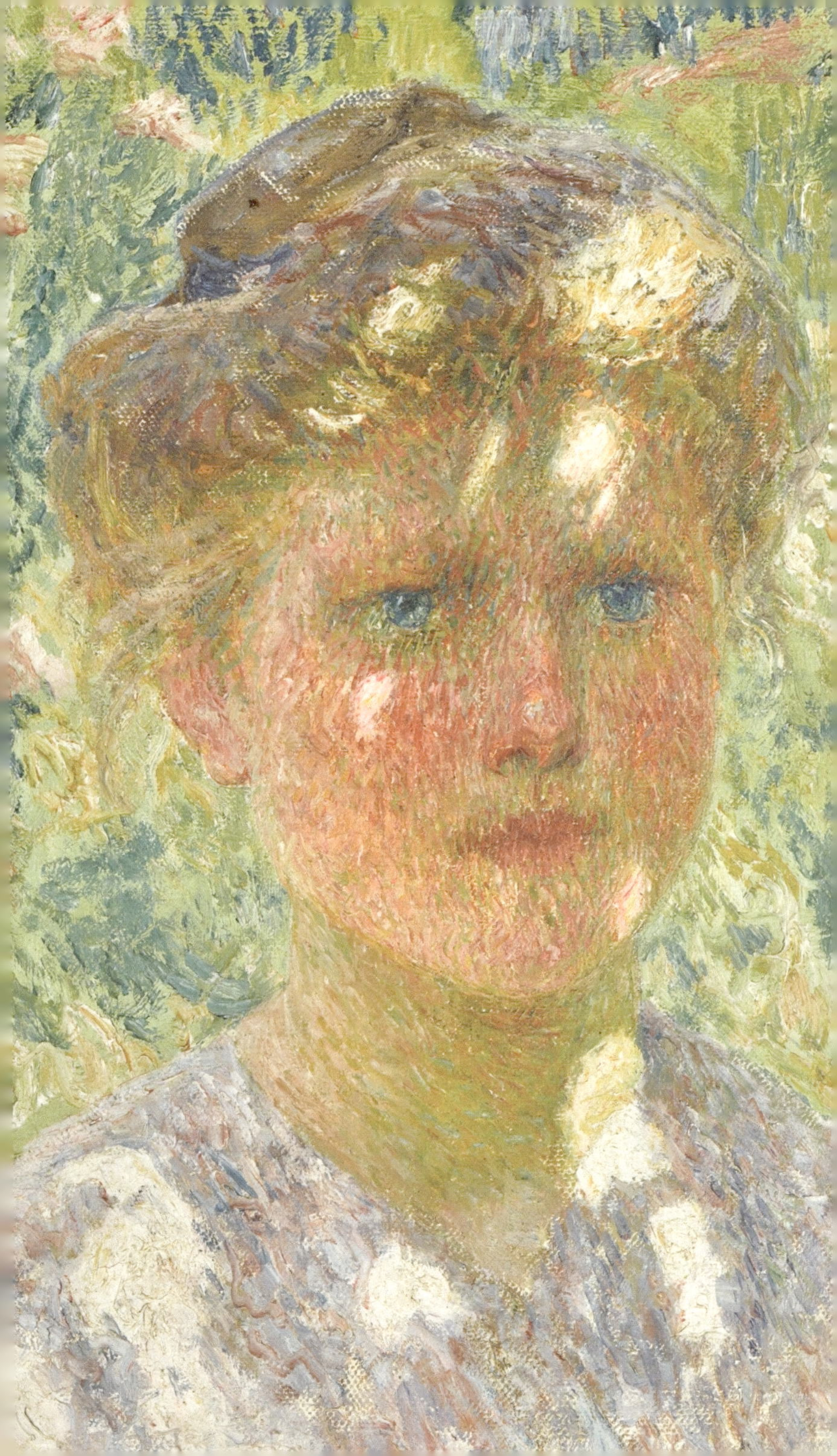

어찌할 수 없을 때는
그냥 몸을 맡겨버린다

———————

바람이 불어오면

바람을 피하려 하지 말고

바람결에 나를 맡기고 흔들려보자.

햇볕이 따갑게 내리쬐면

옷들을 훌훌 벗어 던져버리자.

홀가분한 몸과 마음으로

햇살을 즐겨보자.

가끔은 내가 어찌할 수 없는 자연의 품에

그냥 몸을 맡겨본다.

그 순간이 곧 행복한 일탈이 되어

몸과 마음은 새털처럼 가벼워진다.

＊ ＊ ＊ ＊ ＊

때론 강한 바람에

따가운 햇살에 고통스럽더라도

그 흔들림은 뿌리를 더 깊이 내리게 할 것이다.

그 햇살은 마음을 더욱 익어가게 할 것이다.

그리고 훗날 그 힘이 나를 지탱해줄 것이다.

뜨거운 장작불에서
은은한 숯불로 변해간다

———————

장작불은 처음엔

활활 타오르다가 시간이 지나면

은은한 숯불로 바뀐다.

내 삶도 장작불 같았다.

젊을 땐 열정으로 뜨겁게 달아올라 살았고,

그 열기로 지금은 은근하고 따뜻하게 살 수 있다.

젊을 때는

사회적 지위나 물질적 성취에만 마음을 쏟았다.

그러다 나이 들어 자의든 타의든

결핍을 느끼며 깨닫게 된다.

삶에는 사회적·물질적 성취만이 아니라,

신체적·정신적·영적 영역의 균형이 필요하다는 사실을.

어린 시절 편식을 하다 어른이 되면

골고루 먹게 되듯

삶도 결국 조화를 향해 나아간다.

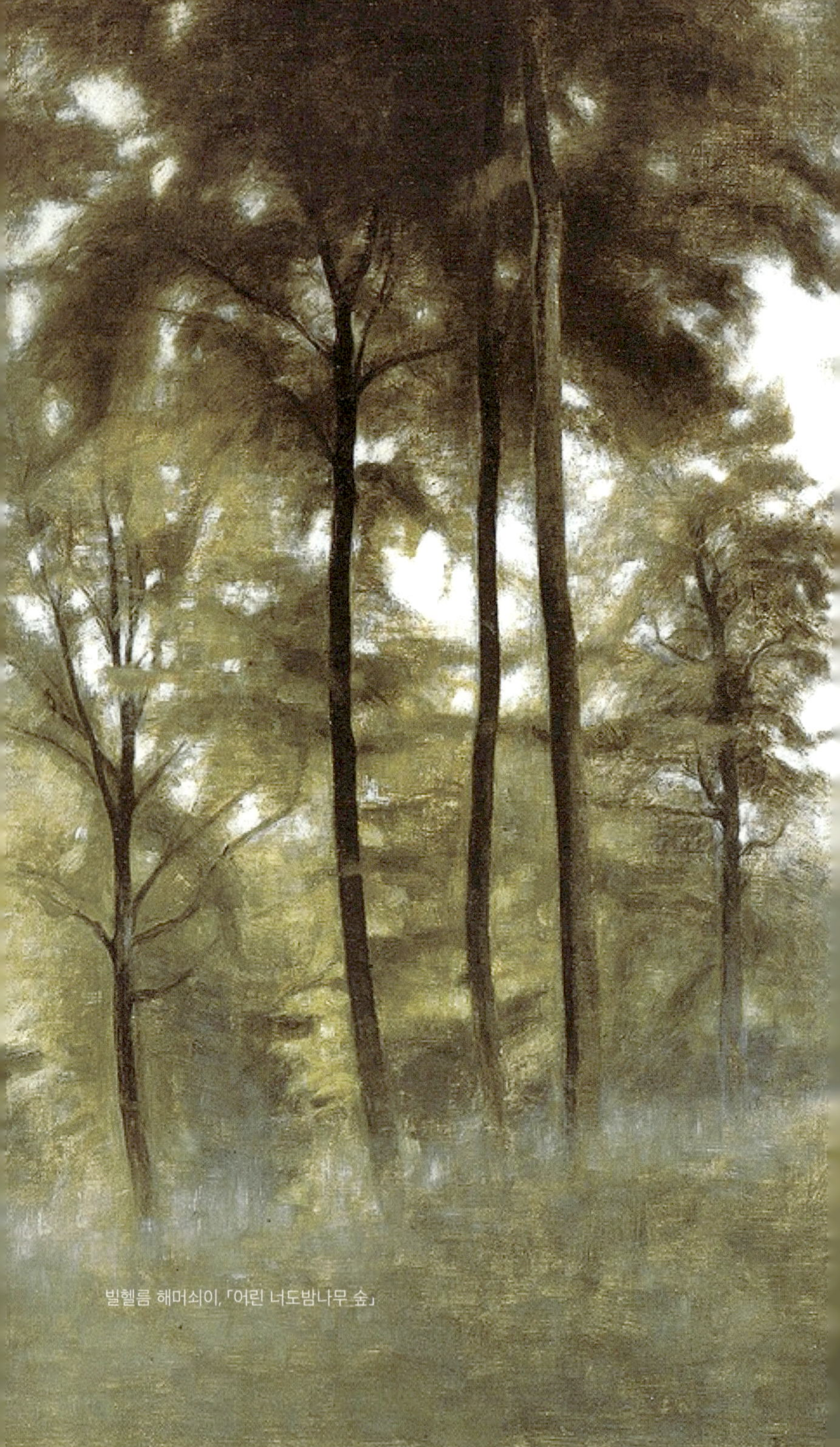

빌헬름 해머쇠이, 「어린 너도밤나무 숲」

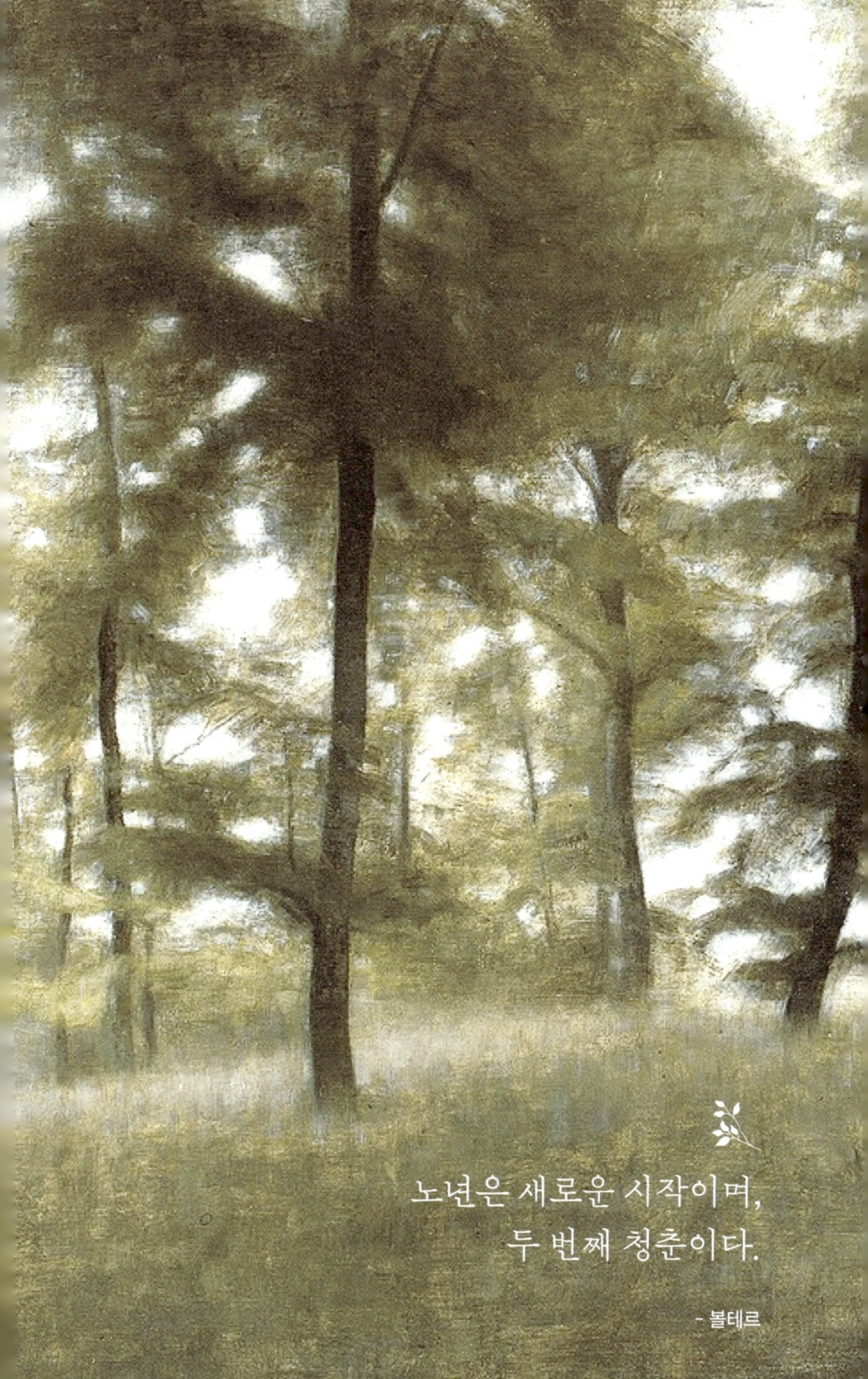
노년은 새로운 시작이며,
두 번째 청춘이다.

- 볼테르

얕든 깊든
누구에게나 상처는 있다

화마가 덮쳐 생명이 멈춘 듯 보여도
새 생명은 이내 대지를 푸르게 덮는다.
자연의 회복력은 경이롭다.

인간도 상처 없이 살아간다는 것은 불가능하다.
얕든 깊든 누구에게나 상처는 있다.

상처도 시간이 지나면 아물고 새살이 돋는다.
자연과 인간이 가진 회복력 덕분이다.

다만 상처가 아물고 새살이 돋을 때까지
시간이라는 약이 필요하다.

그때까지 참지 못하고 상처가 아물지 않는다고
자신과 주변을 탓하고

아물려고 노력 중인 상처를 긁어서
덧나게 하고 더 깊게 한다.

상처가 깊을수록 시간이 필요하다.
여유를 갖고 시간을 줘야 한다.
그래야 새싹이 움트고 꽃이 핀다.

어차피 건너야 할
징검다리라면

————

삶은 징검다리와 같다.
건너야 할 돌다리가 끝이 없이 이어져 있다.

어차피 건너야 할 다리라면
언제까지 건너야 하느냐며 불평하기보다
다음 다리에 있을 일들을 미리 걱정하기보다
건너기 전에 잠깐 멈추어
그곳에서만 볼 수 있는 풍경을 누리자.
주변을 둘러보고
의식적으로 여유를 부리자.

그리고 좋지 않은 감정 쓰레기는 계속 비우자.
너무 많은 감정을 안고 건너면
나도 모르게 균형을 잃기 쉽다.

* * * * *

그렇게 조금이나마 가벼워진 마음으로

역경을 넘어갈 힘을 충전하고

다시 다음 돌을 향해 발을 뻗어보자.

나는 인생에서 수천 가지 걱정을 했다.
하지만 그중 대부분은
절대 일어나지 않았다.

- 마크 트웨인

존 에버렛 밀레이, 「예스 혹은 노」

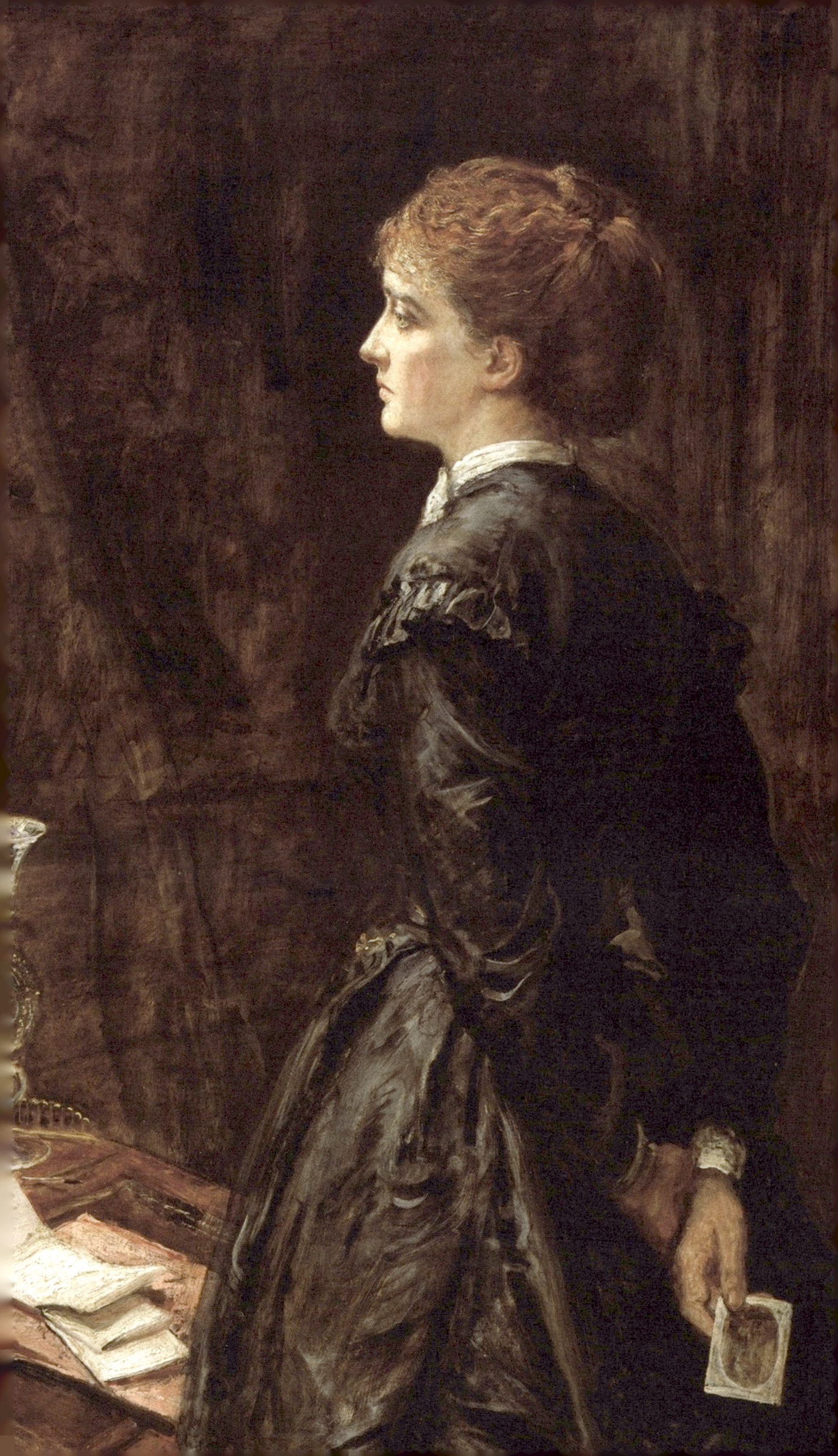

마음에 돌멩이를
쌓지 마라

심리적으로 공허한 마음이
파도처럼 무섭게 몰려올 때가 있다.

비어 있는 마음을 달래기 위해
먹고 싶은 것을 잔뜩 먹어 배를 채우기도 하고
옷이나 물건을 잔뜩 사 모으며 옷장을 채우기도 한다.

그렇게 채운 안과 밖은 며칠 가지 않아
후회의 돌덩이가 되어 마음을 짓누른다.

공허한 감정은
자신이 만들어낸 의식 속에 존재한다.
아무리 안을 채우고 밖을 채워도
마음을 고쳐먹지 않으면 해결이 안 된다.

내 마음을 짓누를 돌멩이를 스스로 쌓지 말자.

쌓아둘수록 그 무게를 견뎌내야 하는 것은 자신이다.

돌멩이를 바로바로 버리면 우울도 함께 날아간다.

손실처럼 보이지만
손실이 아니다

토마토, 오이, 호박 모종을 심으면
며칠 뒤에 꽃이 핀다.
그 꽃을 놔두면 열매가 맺힌다.
그러나 제거해야 한다.

일찍 핀 꽃이 열매를 맺게 하려고
에너지를 많이 쓰는 바람에
전체적인 성장을 방해하기 때문이다.

아이를 키우는 일도 마찬가지이다.
지나치게 이른 성공 경험도
때론 자만이라는 독초가 되어
성장에 해가 되기도 한다.

* * * * *

일찍이 꽃을 따버리는 것은

손실처럼 보이지만 손실이 아니다.

이른 실패 경험이

꼭 나쁜 것만은 아니라는 것을

토마토가 알려준다.

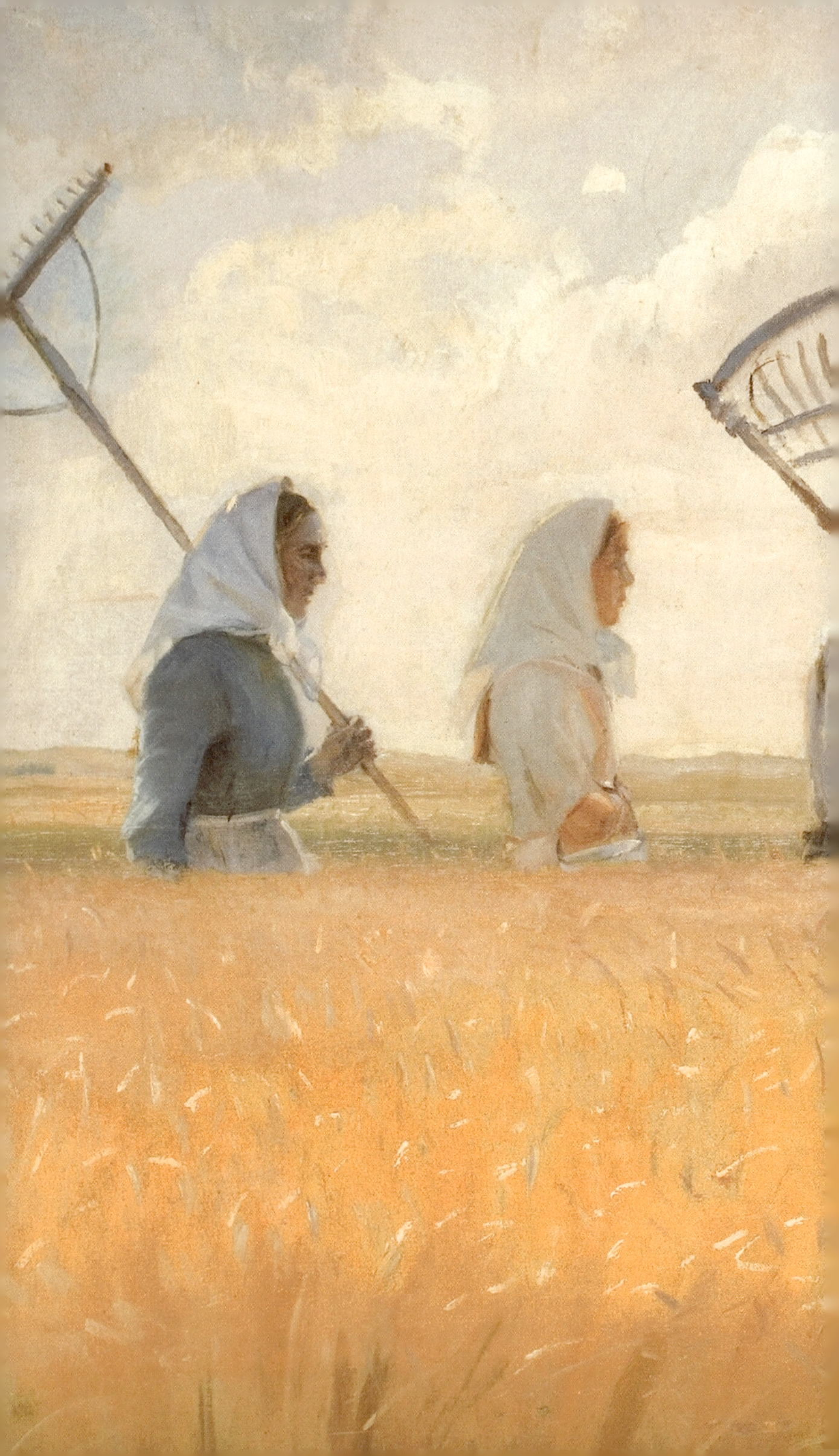

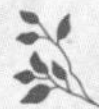

계속 나아가기만 한다면,
얼마나 느린지는 중요하지 않다.

- 헨리 데이비드 소로

안나 안커, 「수확의 시간」

인생은 양과 음의 작은 반복이 쌓여 만들어진다

봄은 추위를 견뎌낸 씨앗을 움트게 해
생명을 탄생시킨다.

여름에는 강렬하고 긴 햇살이
열매를 울긋불긋 색칠한다.

가을이 깊어질수록 해가 짧아진다.
욕심을 부리며 새로 시작하기보다는
정성스럽게 길러 낸 농작물을 수확할 때다.

겨울로 접어들면 대지는 휴식한다.
휴식을 통해 식물을 기르며 소진한 에너지를 충전한다.
쉬는 듯 보이지만 내면에서는 활동하고 있다.

텃밭 농사를 하며 삶의 순리를 경험한다.

✳ ✳ ✳ ✳ ✳

주역周易에서 전반생은 외면이 자라고,
후반생은 내면이 자란다고 했다.

전반생은 봄과 여름이고 외형(물적)이 성장하는 시기다.
후반생은 가을과 겨울이고 수확과 내면이 성장하는 시기다.
보이지 않는 음의 시기인 겨울에도 성장은 계속되는 것이다.

그러므로 삶의 후반부도 부정적으로만 느낄 이유는 없다.
그 시기도 나를 돌아보며 더 단단해지고
앞으로 나아가기 위한 내면 성장을 하기 때문이다.

인생은 양과 음의 작은 반복이다.
이것들이 모여 인생 전체를 만든다.

꼬일 대로 꼬인 실타래도
때가 되면 풀린다

감당하기 힘든 고통이 내 앞을 가로막으면

마음이 약해져 도망치고 싶었고

너무 힘들 때는 영원히 눈감고 싶다는 생각도 했다.

이겨낼 수 없다고 단정해 버리기도 했고

길이 보이지 않는다는 막연한 불안도 느꼈다.

그러나 꼬일 대로 꼬인 실타래도

때가 되면 풀리거나 느슨해졌던 것 같다.

고통스러웠던 기억이

시간이 지나도 선명하게 남아 있다면

그 괴로움 때문에 삶은

칠흑 같은 어둠이 될 것이다.

다행히도 고통은 흐르는 물과 함께 흘러가

멀어질수록 그 고통의 흔적은 흐려진다.

마치 채로 걸러 고통은 빠져나가고

아름다운 것만 남기는 것 같다.

그렇기에 포기하지 않고 살아내는가 보다.

원하는 것을 줄이면
진정한 자유가 온다

나이가 들수록

원하는 것을 충족시키기 위해 노력하기보다

원하는 것을 줄이기 위해 노력해본다.

욕구가 생기는 구멍을 틀어막고

잘 달래고 설득해서 버겁지 않은 정도만 허용해주자.

원하는 것을 통제하는 순간

진정한 자유를 누릴 수 있다.

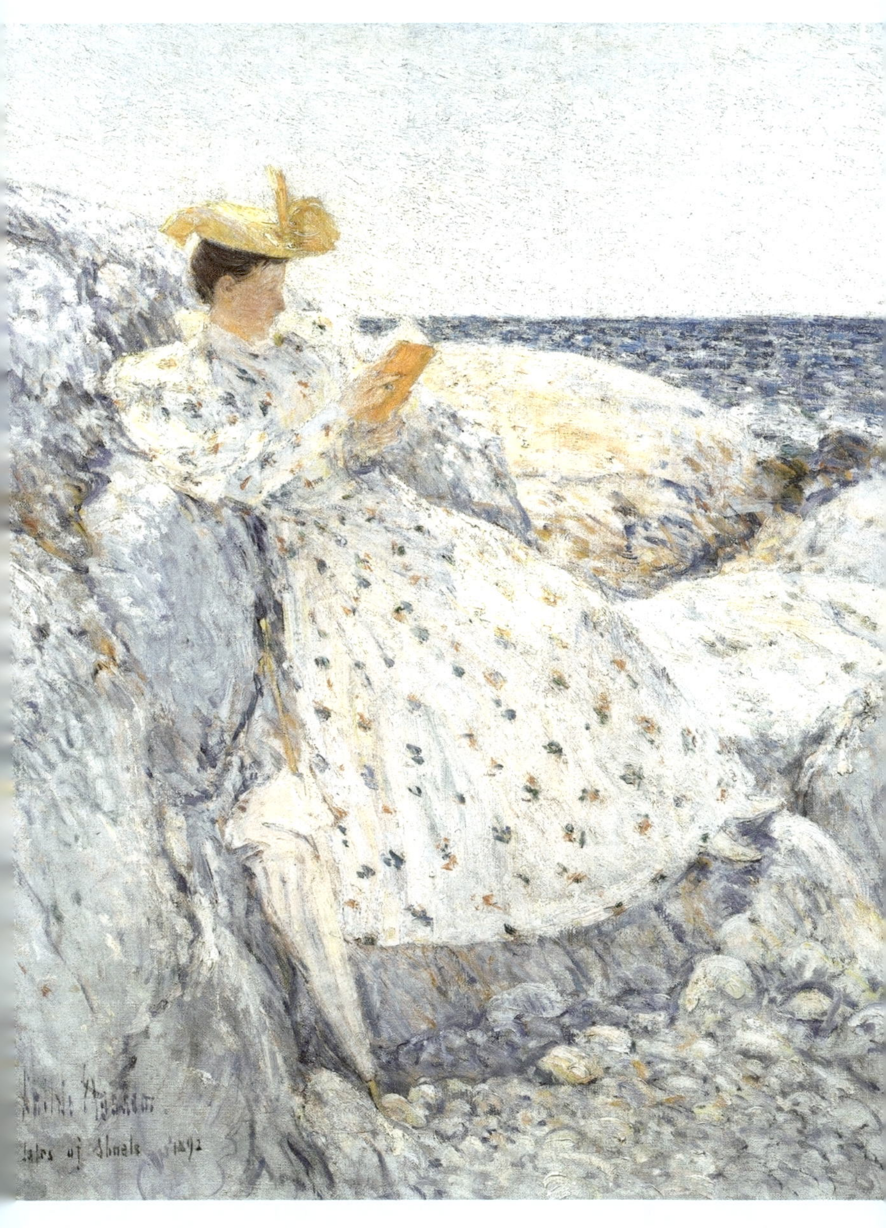

차일드 하삼, 「여름 햇살」

견디기 힘든 삶을
스스로 만들지 마라

————————

SNS에 올라오는 타인의 삶은

꽃들이 가득하고

벌과 나비가 평화롭게 놀고 있는 꽃밭이다.

성향에 따라 차이는 있지만

일반적으로 자신의 어려움이나 아픔은

노출은 피하는 편이다.

그러다 보니 타인의 삶은 보기 좋고

부러움의 대상이 된다.

그런데 이 세상에 사는 사람이라면

밝은 빛만 받고 살 수는 없다.

어두운 터널을 걷기도 하고

열심히 견뎌내다 보면

다시 빛이 오기도 하는 것이다.

* * * * *

남의 어깨에도

보이지 않는 무거운 짐이 있다는 사실을

염두에 두고 세상을 대해라.

남의 어깨는 가볍고

내 어깨만 무겁게 보이는 것은 착시다.

견디기 힘든 삶을 스스로 만들지는 마라.

시선을 뒤에 두는 것보다
앞으로 걸어갈 길에 둬라

평생 지워지지 않고 따라다니는 아픔이 있다.
이런 아픔은 마치 잘 따라오는지 살펴보듯
자꾸만 뒤돌아보게 만든다.

그러다 보면 꼬리처럼 이어진 후회가
앞으로 나아가려는 발걸음을 묶는다.

때로는 이미 일어난 아픔을
없애보려고 무모한 짓을 한다.
그러나 과거에 생긴 아픔을
사라지게 할 수는 없다.
아쉽고 아프지만 인정해야 한다.

그러니 자꾸만 뒤를 돌아보기보다
앞으로 걸어갈 길에 시선을 두자.

* * * * *

계속 뒤를 보다 보면 돌부리에 걸려 넘어져
또 다른 아픔을 자초할 수 있다.

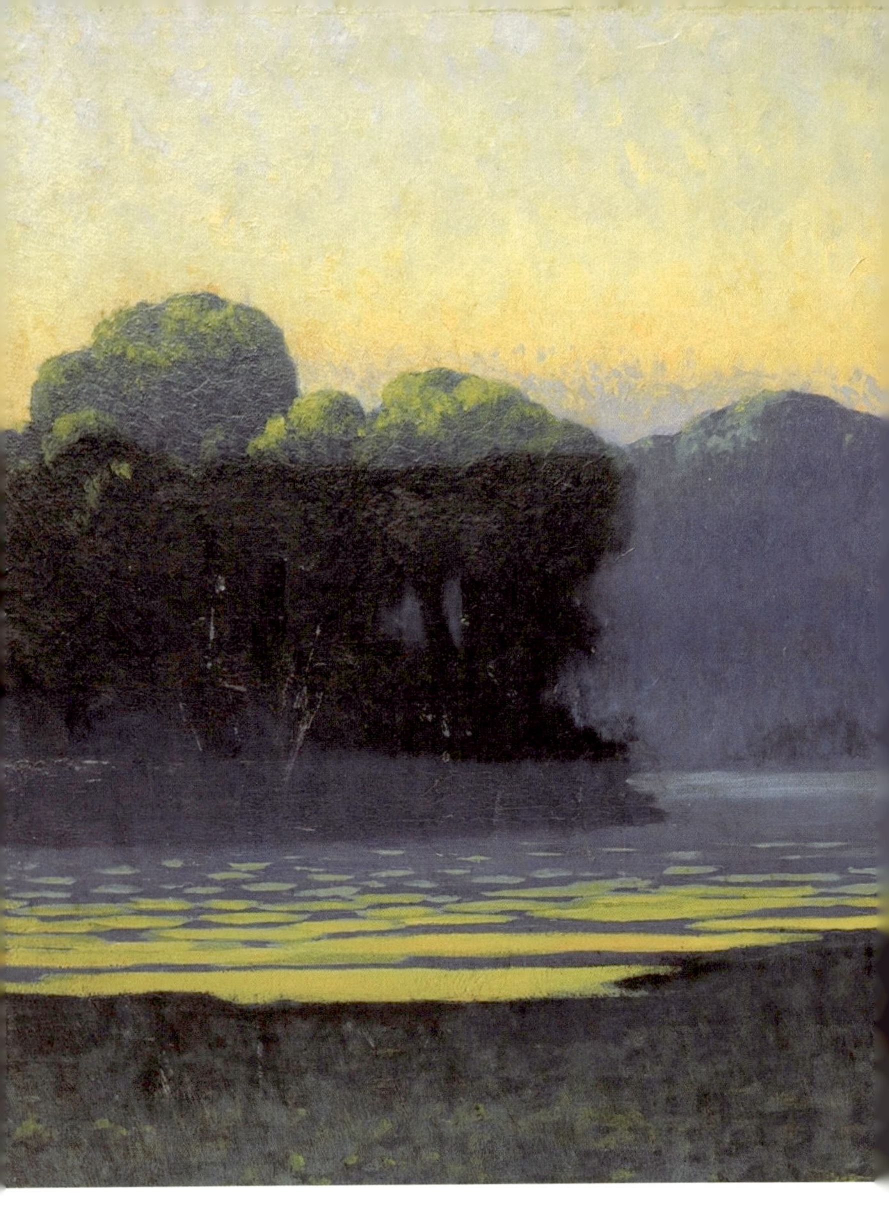

고통은 피할 수 없지만,
고통에 머무를지는 선택할 수 있다.

- 달라이 라마

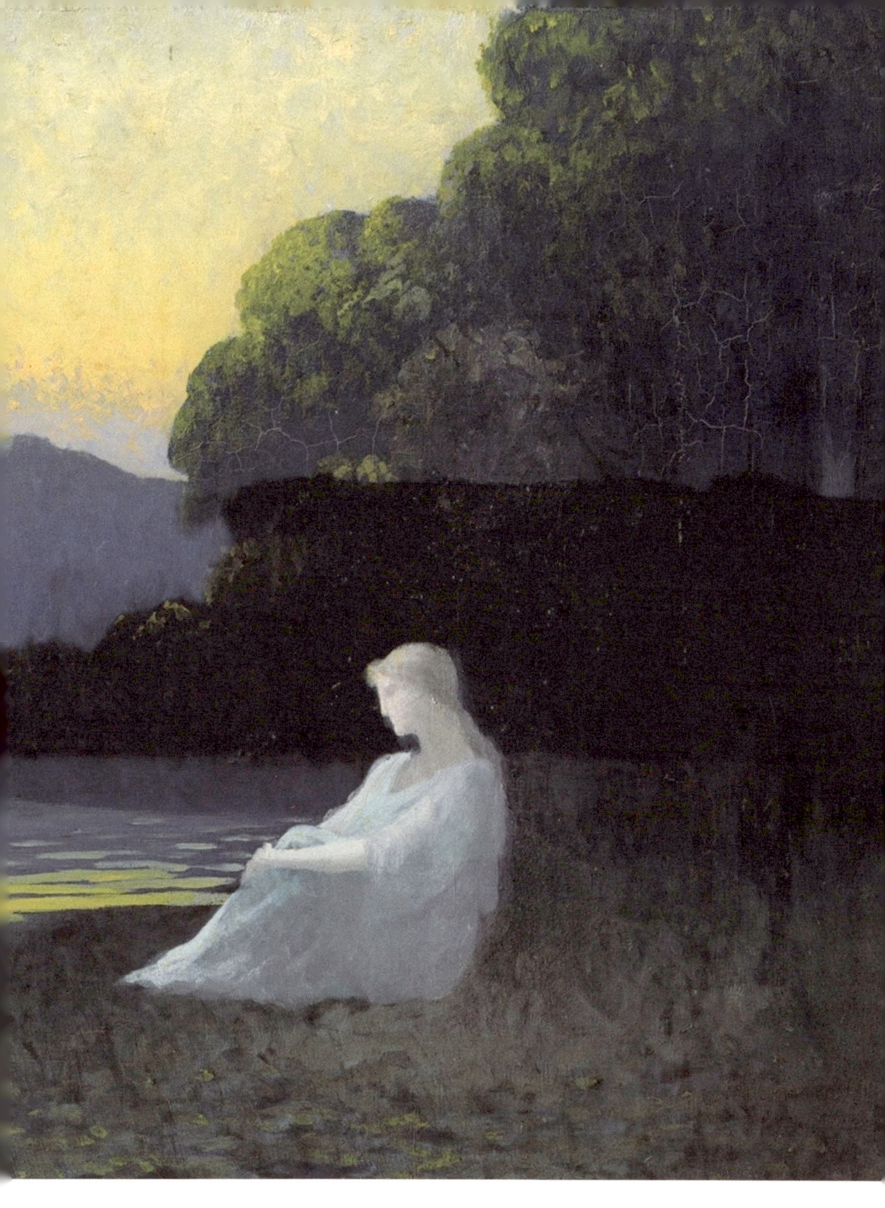

알퐁스 오스베르, 「저녁의 고요 속에서」

잠깐의 멈춤이 내 마음과
주변을 맑아지게 한다

마음에 여유가 없을 때는,
사소한 말도 괜히 배배 꼬아 듣게 된다.

상대의 의도와 상관없이
모든 말을 부정적으로 받아들이고,
마음속에 차오른 검은 먹물을 그대로 내뱉곤 한다.
그러고는 뒤늦게 후회와 변명만 남는다.

그럴 때는 곧바로 반응하기보다
잠시 멈추는 연습이 필요하다.
입과 가슴에 돌을 얹듯, 시간을 벌어라.
어떤 말을 듣더라도 곧장 쏟아내지 말고,
돌을 하나하나 치우며 호흡을 고른다면
왜곡된 해석이 제자리를 찾을 수 있다.

* * * * *

분노가 커질수록 더 침착해지는 사람,
바로 그 사람이 세상을 지혜롭게 대할 수 있다.

잠깐의 멈춤은 내 마음을 맑게 하고
결국은 관계와 세상까지도 맑게 한다.

화를 다스릴 줄 아는 자는
자기 자신을 다스릴 줄 아는 자다.

- 탈무드

펠릭스 발로통, 「꽃다발」

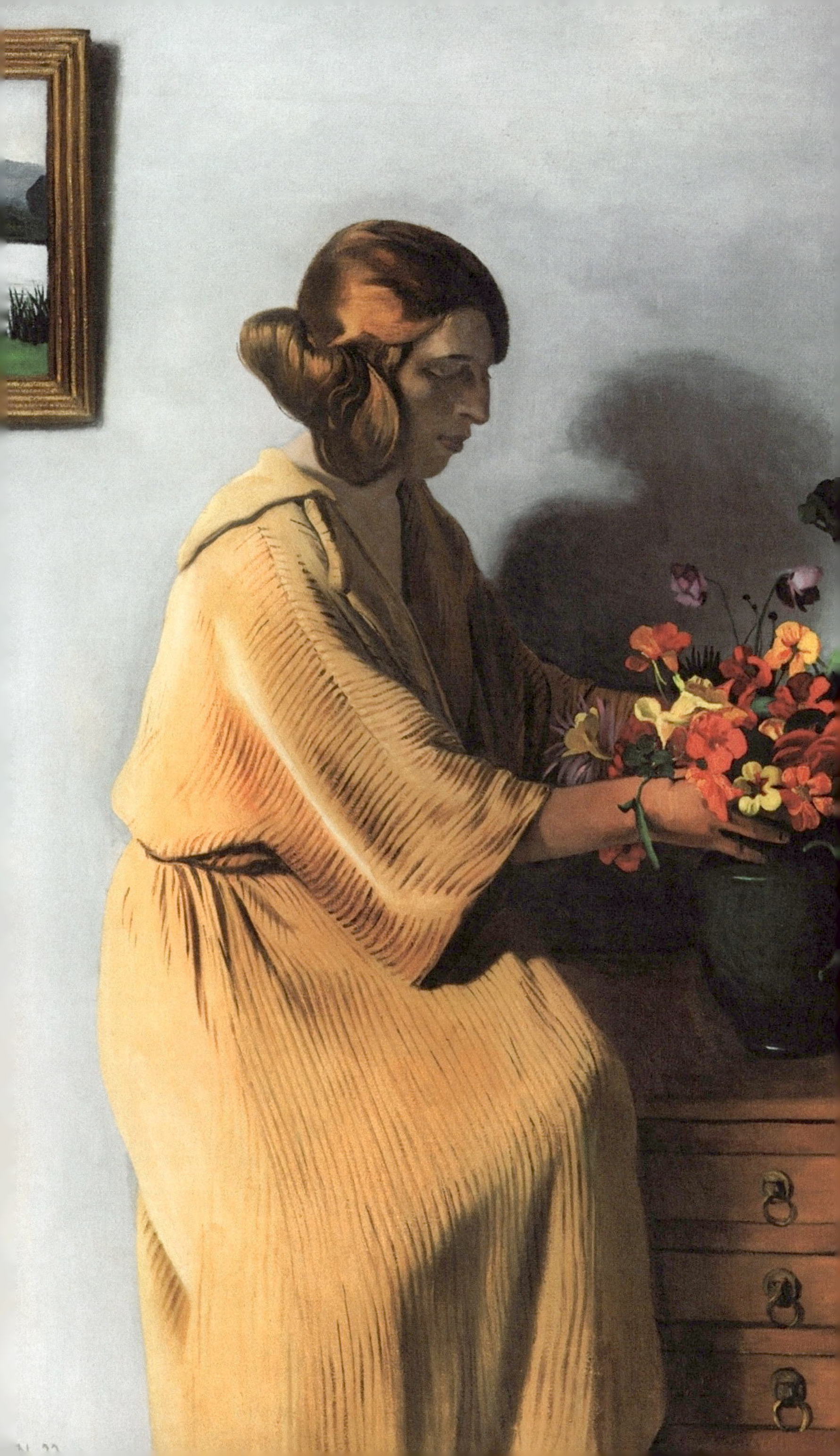

세상을 통제할 수 없음을
받아들이는 일

뇌과학자 정재승은
어른이 되는 것에 대해 이렇게 말한다.

"세상을 통제할 수 없다는 것을
무기력감 없이 받아들이는 과정."

미성숙하고 혈기 왕성한 시절에는
자기중심적인 사고가 강했다.
세상이 나를 중심으로 돌아가야 한다는 오만이었다.

이 문제에 대한 답을 찾는 것이
하늘이 내게 부여한 어려운 숙제 같았는데
깨지고 헤매다 보니 답을 찾았다.

다른 사람을 바꾸려는 것이

얼마나 우둔한 짓인지 알게 되었고

세상일도 내 뜻대로 다 되지 않는다는 것을 알게 되었다.

노력해도 안 되는 일이나 관계는 머리 싸매고

고민하지 않고 훌훌 털어버린다.

그렇다고 내가 무능력하거나

무기력 상태라고 생각하지 않는다.

이 또한 자연스러운 것이라 믿기 때문이다.

이런 순리를 깨달으니 평온해졌다.

내가 평온해지니 주변도 편안해졌다.

나도 어른이 되었나 보다.

기왕이면 끌려 다니지 말고 끌고 다녀라

친구들이 하나둘 모여든다.
각자의 일터에서 바쁜 하루를 보내고
서둘러 길을 재촉해 합류한다.

저마다 사는 모습은 다르지만
모두에게 어려움은 다 있는 듯하다.
아무런 어려움 없이 살아가는 것이 과연 가능할까?

어려움 역시 삶의 한 부분이다.
살아가는 동안 함께할 수밖에 없다.
내 발목에 묶여 있는 줄과 같다.

그 줄을 끊어낼 수 없다면
그 줄에 끌려다니지 말고
줄을 스스로 움켜잡고 끌고 다니자.

이왕 피할 수 없다면

인생을 동행하는 친구로 만드는 것도 좋다.

훗날 하나둘 모여 그땐 그랬지

이야기 풀어내며 함께 웃는 날이 오지 않겠는가.

삶이 당신에게 레몬을 주면,
레모네이드를 만들어라.

- 데일 카네기

월리엄 부그로, 「레몬」

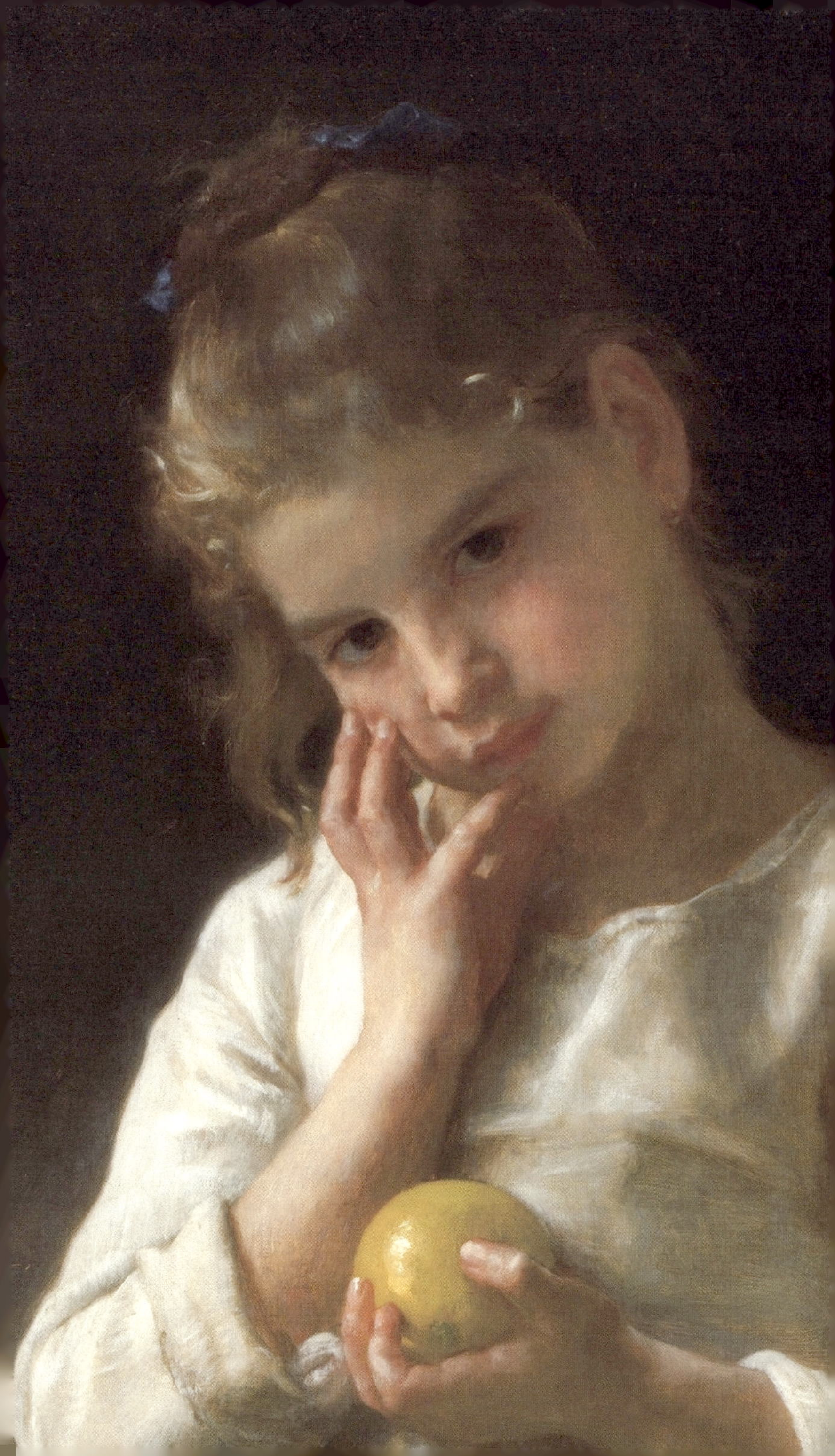

어떤 현상이든 깊이 있게 넓게 봐야 한다

천체망원경으로 보니

토성의 주위를 둘러싼 띠도 선명하게 보인다.

그리고 북두칠성의 두 번째 별

바로 옆에 희미한 별 하나도 관찰했다.

이 별은 '이중성二重星, Double star'이라 불린다.

맨눈으로 보면 하나처럼 보이지만,

망원경으로 자세히 들여다보면

두 개의 별이 나란히 있는 것이다.

실제로는 멀리 떨어져 있는데

지구에서 바라볼 때 일직선상에 놓여

겹쳐 보이는 별들을 '겉보기 이중성'이라고 부른다.

우리가 알고 있는 북두칠성은 사실은 북두팔성이다.

* * * * *

사람과 세상사도 이와 비슷하다.

겉으로 보이는 모습만으로 쉽게 판단하다 보면

착각과 오류가 생긴다.

첫 인상이나 첫 느낌은 중요하지만,

그것만으로는 부족하다.

더 깊고 넓게 바라볼 때,

비로소 진실에 가까워질 수 있다.

현명한 판단은 맨눈으로 보는 직관과

망원경으로 보는 성찰을 함께 사용할 때 가능하다.

눈앞에 드러난 것과 그 이면을 동시에 살피는 균형,

그것이 오류를 줄이는 길이다.

인생이 직선도로면
지루하다

고속도로를 운전할 때
곧게 펼쳐진 도로를 달리면 한결 편하다.
그러나 직선도로를 오래 운전하면 지루해지고
느슨해지며 졸음이 찾아오기도 한다.

그러다 문득 찾아온 구부러진 길이
느슨함의 지속을 막아준다.
편안하게만 쭉 이어지는 것이
꼭 좋은 것만은 아니다.

물론 고통 앞에 서 있을 때는
굴곡 없이 직선도로만 달리면 좋겠다고 갈망하지만
인생이 항상 평탄하기만 했으면
지루하거나 느슨해 맹탕 같지 않았을까.

직선이라고 더 좋아하고

곡선이라고 불평할 필요가 없다.

어차피 삶은 직선과 곡선의 교차이다.

어차피 직선도 곡선도 나의 길이다.

하늘에서 보면 이러나저러나

완만한 곡선처럼 생긴 내 인생길.

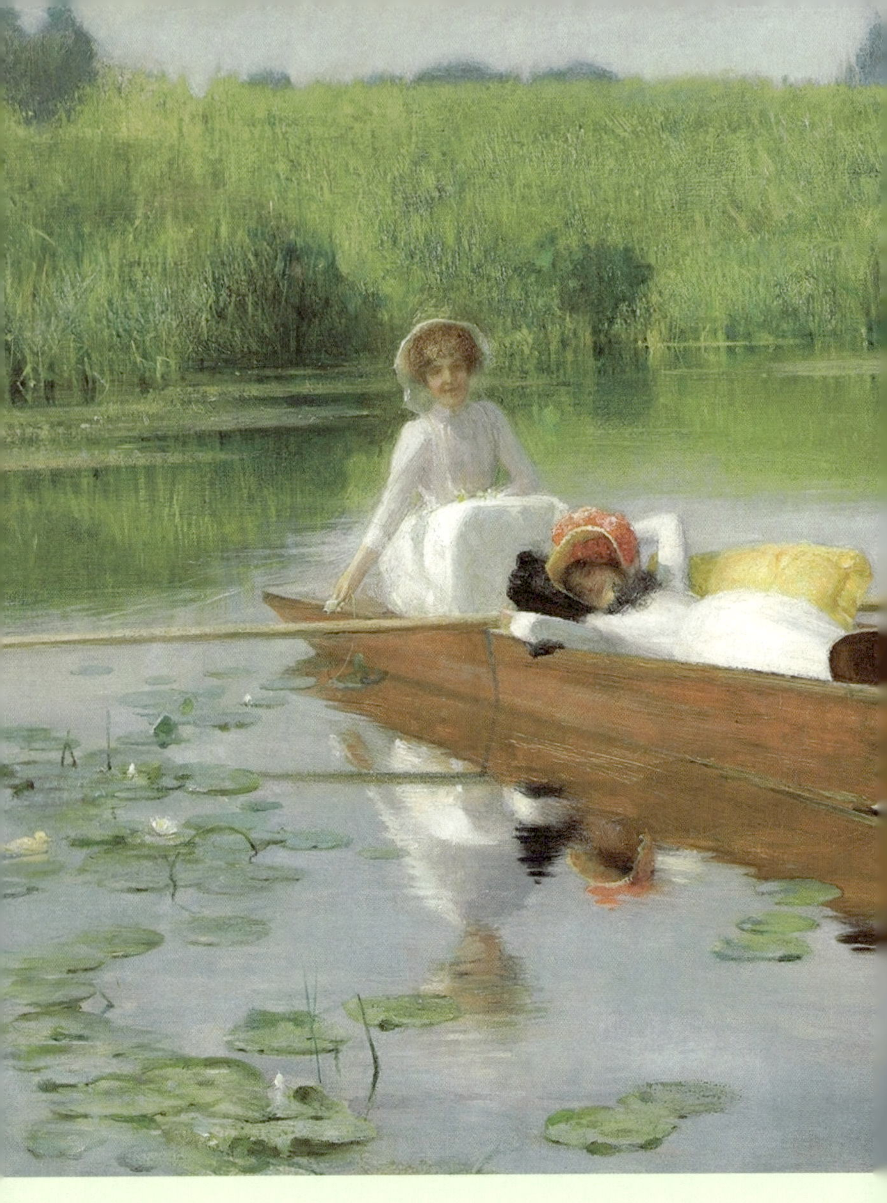

인생의 길은 직선이 아니라 곡선이다.
그 굴곡이 우리를 단단하게 만든다.

- 칼 융

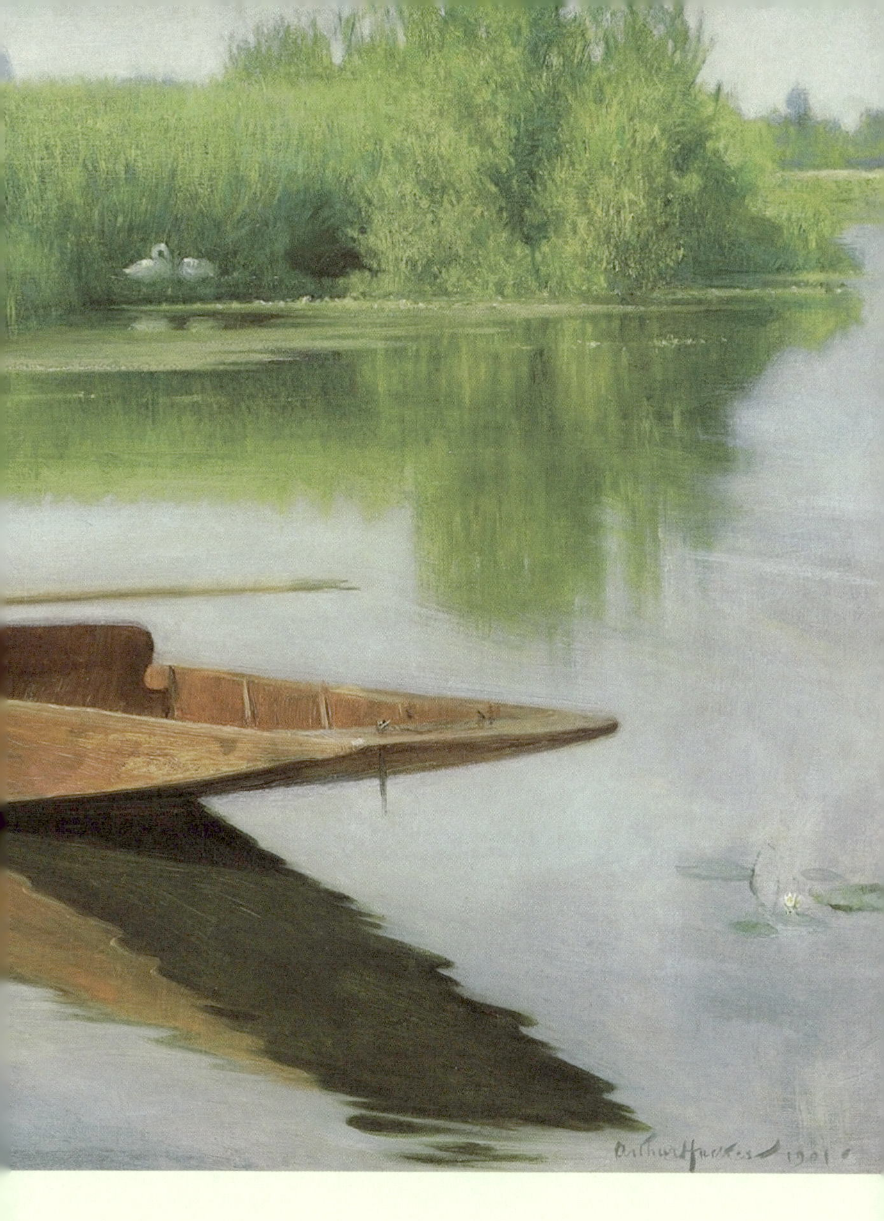

아서 해커, 「템스강에서의 뱃놀이」

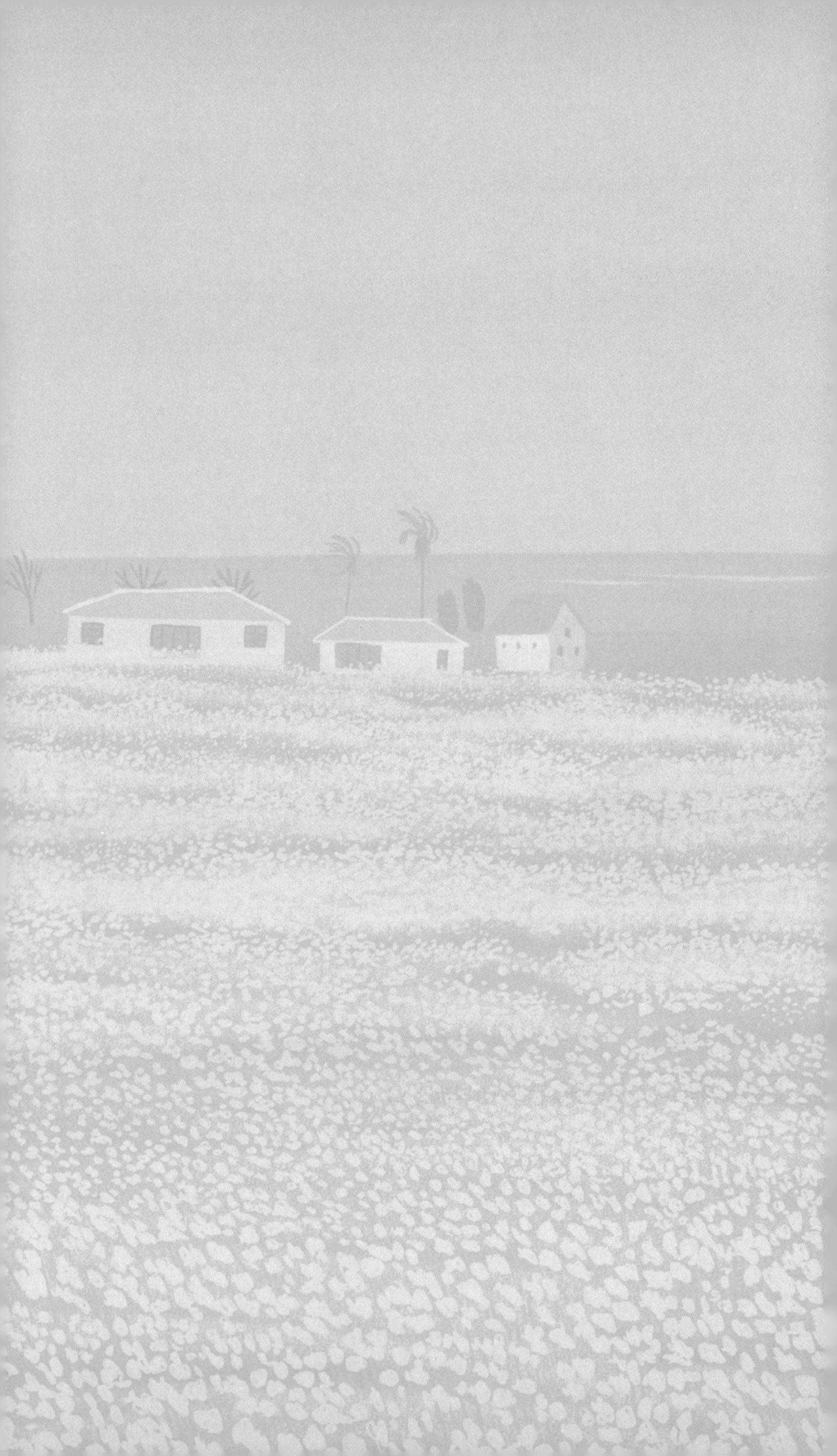

설렘과 두려움은
한 끗 차이다

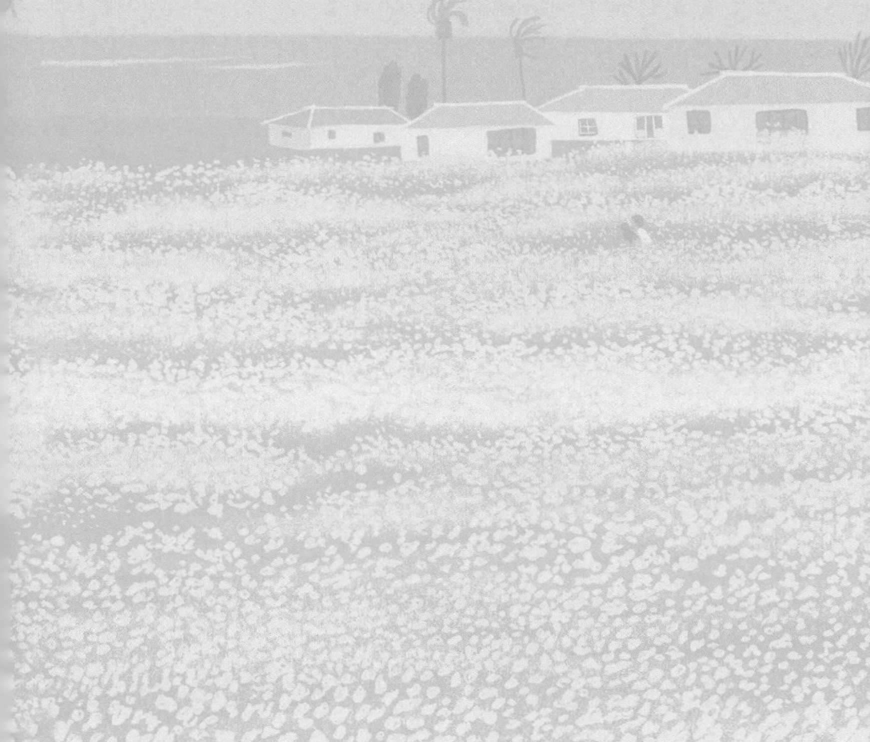

문제를 대하는
마음의 호수를 넓혀라

마음 단련이 덜 되었을 때는

문제 앞에 설 때마다 상심하고 괴로워했다.

문제를 만든 자를 미워했고 내게도 상처를 줬다.

문제는 내 그림자와 같다는 것을

60년 가까이 살고 나서야 알았다.

세상은 문제투성이이며

삶은 문제를 풀어가는 과정이다.

숨만 쉬며 산다면 모르겠지만

움직이면 문제가 생기는 것은 자연스러운 것이다.

문제를 대하는 마음의 호수를 넓혀라.

* * * * *

호수에 물이 많이 차 있으면
오염물질이 조금 들어와도 희석된다.

풀 수 있는 문제에만 집중하고
내가 무엇을 해도 풀지 못하는 문제는
물속에 넣어두고 꼬인 실이 얼추
느슨하게 풀어질 때까지 기다려라.
그러면 뜻밖에 쉽게 풀리기도 한다.

문제 때문에 내가 상하는 것은 피해라.
문제를 대하는 마음이 맑으면
문제도 동화되어 맑아질 수 있다.

두려움을
설렘으로 이겨내자

새로운 일을 시작할 땐

경험이 없기 때문에 두려움이 존재하고

경험이 없기 때문에 설렘이 존재한다.

증상은 똑같다. 두근거리는 마음.

그렇다면 모든 두근거림을

설렘으로 착각해 버려라.

두려움도 설렘으로

설렘은 더 기쁜 설렘으로.

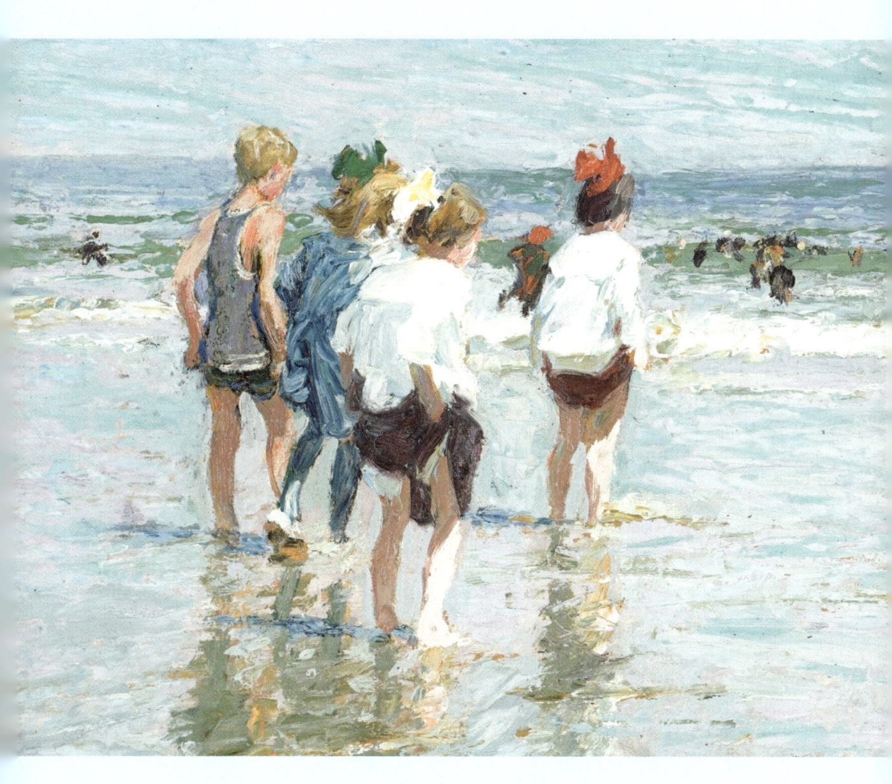

에드워드 헨리 포트하스트, 「여름날, 브라이턴 해변」

큰일은 반드시
작은 일에서 성패가 갈린다

———————

때론 해야 할 일을 미루며 흐물흐물해진다.

나태와 합방하면 경쾌한 행진곡이 가슴에서 멀어진다.

경쾌한 발걸음 대신 찢어진 고무신을

질질 끌고 가는 소리가 들린다.

누구든 원하는 것이 있고

누구나 되고자 하는 모습이 있다.

그것을 얻기 위해선

인내와 꾸준한 노력이 필요하다.

좁쌀도 한 줌씩 매일 담다 보면 쌀독이 채워진다.

사소한 것이라도 매일 조금씩 꾸준히 해가는 것,

지속성이 결과를 좌우한다.

* * * * *

“큰일은 작은 일에서 비롯되고
큰일은 반드시 작은 일에서 성패가 갈린다.”

『도덕경』에 나오는 말이다.

사소한 것이지만
몸에 배도록 하면 불편한 느낌이 줄어든다.
그때까지 끈질기게 해가면
어느덧 되고자 하는 모습으로 변해 있을 것이다.

당장 눈에 보이지 않더라도
그대의 쌀독에는 한 줌씩
매일매일 쌓여가고 있을 것이다.

무지개를 보려면
먼저 비를 맞아야 한다

평균적인 사람은 자신의 일에
자신이 가진 에너지와 능력의 25%를 투여한다.
세상은 능력의 50%를 쏟아붓는 사람들에게 경의를 표하고
100%를 투여하는 극히 드문 사람들에게 머리를 조아린다.

앤드루 카네기의 말이다.

나는 내가 가진 에너지와 능력을
얼마나 사용하고 있을까?

인간은 무한한 능력을 지니고 있다.
그렇지만 잠재 능력을 외부로
최대한 표출하기 위해서는 강력한 동기가 필요하다.
또한, 중요한 일에 시간과 에너지를 집중해야 한다.

내가 그것을 왜 하려고 하는지
분명한 이유가 있어야 하고
중요한 것에 몰입하는 힘이 따라줘야 한다.

무지개를 보려면 먼저 비를 맞아야 한다는 말처럼
무엇이든 얻기 위해서는 그만큼의 노력이 따라야 한다.
지금 흘리는 땀이 값진 열매가 맺도록.

세상에 노력 없이 얻을 수 있는 것은 없다.

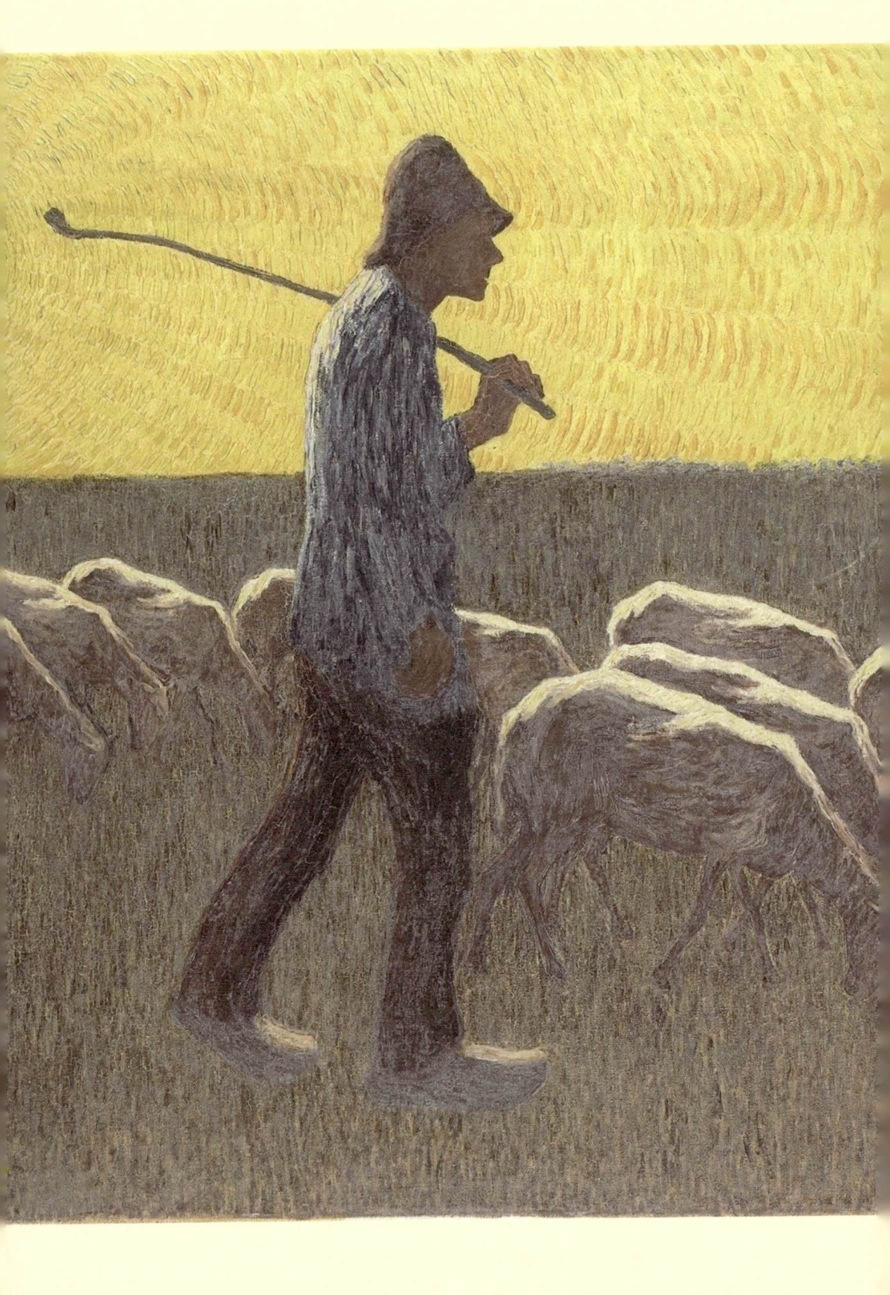

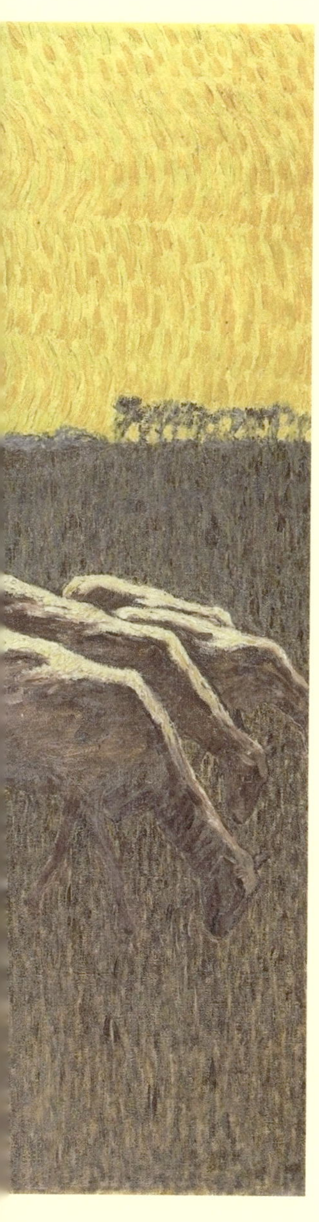

인생은 나를 위한 여정이지,
남을 따라가는 경주가 아니다.

- 로빈 샤르마

코르넬리스 앨버트 판 아센델프트, 「양치기와 양」

때로는 세상과
떨어져 시간을 가져라

새벽 5시, 배는 돌문어 낚시를 하러
한 시간 반 동안 여수 바다를 달렸다.

도착할 무렵 바다 위로 해가 떠오른다.
망망대해에서 작은 섬이 된 배에서 맞이하는 일출은
몽환적인 느낌까지 든다.
육지에서 느끼는 것과 사뭇 다르다.
해와 얼굴을 맞대고 있는 것 같다.
하늘과 바다가 해를 매개로 만난다.
오늘은 바다가 하늘을 품어준 것 같다.

이런 멋진 풍경을 본 것만으로도 만족스럽다.

＊ ＊ ＊ ＊ ＊

넓은 바다 위에 떠 있는 작은 점이 되니
세상과 연결된 밧줄이 끊어져
자유롭게 떠다니는 느낌이 든다.

세상을 대하는 마음이 거칠어졌다고 느끼면
때론 세상과 떨어져 시간을 갖는 것이 좋다.
참고 견디다 회복할 수 없을 수준에
이르지 않도록 해야 한다.

세상을 대했던 뿌연 안개가 걷히면
그때 다시 세상과 마주해라.
그래야 덜 힘들게 살아갈 수 있다.

모든 것을 다 잘하는 사람은 극소수다

———————

청춘기에는 꿈도 성취욕도 다양하고 강했다.
세상을 알아가고 경험하며 꿈도 성취욕도
하나씩 가지치기해 간다.

중년이라는 반환점에 들어서며
가지치기 작업은 더 속도를 낸다.
냉정하며 현실적인 판단을 하게 된다.

가지치기를 지나치게 하다 몸통만 남아
꿈나무를 죽이는 예도 있다.
자신감을 상실했거나 의욕을 잃었거나
세월을 먹었기에 늦었다는 생각,
시도 자체에 대한 부담도 느낀다.

모든 것을 다 잘하는 인간은 극소수다.
대부분 잘하는 것과 잘못하는 것이 있다.

헬렌 켈러도 말했다.

"나는 한 인간에 불과하지만, 오롯한 인간이다.
나는 모든 것을 할 수는 없지만, 무엇인가 할 수 있다.
그러므로 나는 내가 할 수 있는 것을 기꺼이 하겠다."

꿈의 항아리에 물이 넘치면
언젠가는 그 꿈이 현실이 될 것이다.
물이 차기 전에 미리 포기하고 항아리를 깨지 말자.

용기는 두려움이 없는 것이 아니라,
두려움에도 불구하고 나아가는 것이다.

- 넬슨 만델라

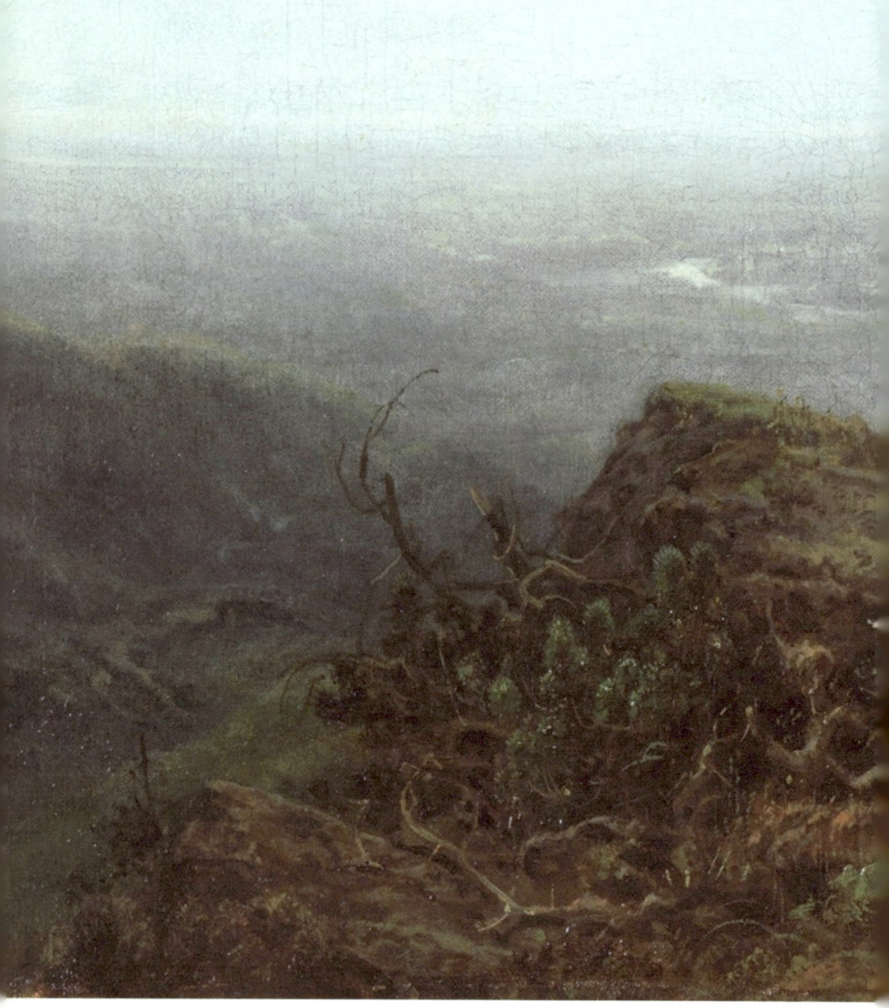

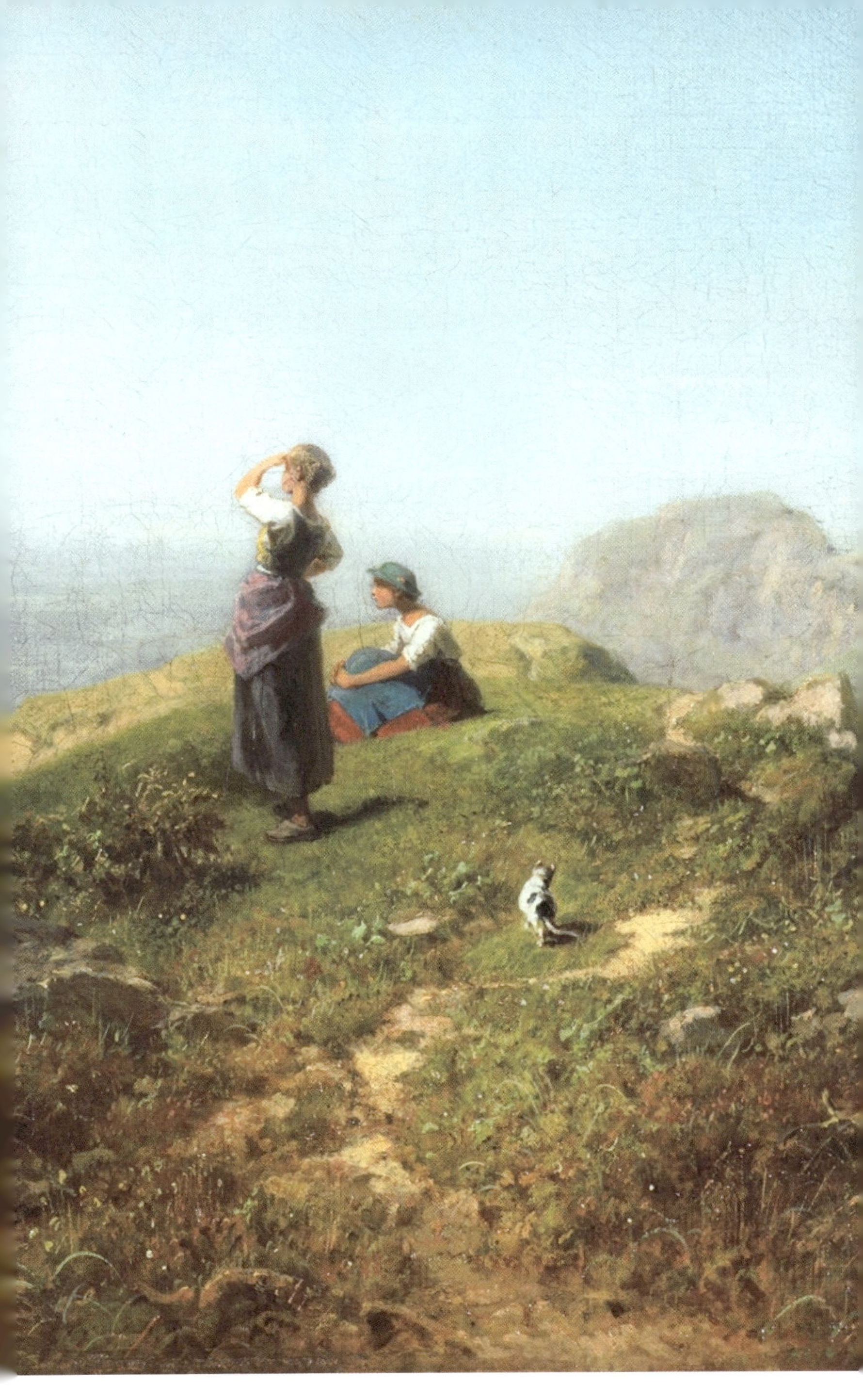

카를 슈피츠베크, 「골짜기를 바라보며」

나는 살면서 숨비소리를
몇 번이나 냈을까

새만금 방파제를 지나가는데
배에서 뛰어 내리는 해녀들이 보인다.

해녀 몇 분이 수확물과 함께 배에서 내려
육지까지 수영해왔고
대기하던 차에 있던 분들이 마중하며
수확물을 챙겨 차에 실었다.

해녀들이 흔들리던 바다에서
안정적인 육지로 발을 올리며 낸 소리를 들으니
예전에 제주에서 물질하며 내던 숨비소리가 떠올랐다.

숨비소리는 해녀들이
더 실한 수확을 하기 위해 깊이 잠수하다가
숨이 다해 물을 삼키기 전에 밖으로 나와

* * * * *

멎은 허파에 산소를 공급하며 내는 소리다.
숨비소리는 생존의 숨이고, 희열의 숨이다.
오늘 해녀들이 바다에서 육지로 발을 딛으며 낸 소리도
숨비소리와 비슷하게 들렸다.

나는 살면서 숨비소리를
몇 번이나 냈을까.
힘이 다할 정도까지 최선을 다한 적이 있을까.

글을 쓰면서도 숨이 꼴깍 넘어가기 직전까지
탐구하고 집요하게 물고 늘어져
심해의 바닥까지 도달해 보았는가?

해녀들을 존경스레 바라보며 반성을 해본다.

내일을 예측할 수 없기에
오늘을 기대하며 일어난다

봄이 무르익는 시기에
엄청난 눈과 추위가 내렸다.
봄이니 당연히 밭에 씨를 뿌리고
쌈 채소를 심고 가꿨는데 말이다.

다행히 작물들이 추위에 잘 견뎌줬지만
이처럼 가벼운 일도 간절한 일도
예측대로 흘러가지 않는 경우가 다반사다.

그렇기에 역으로 살아갈 재미가 있는 것 같다.
예측한 대로 다 이뤄지면 좋겠지만
늘 예측대로 삶이 돌아가면
시간이 지나며 단조로움에
재미를 잃을 것 같다.

내일을 예측할 수 없기에
오늘을 기대하며 일어날 수 있다.

걸어보지 않은 내일을
상상하고 예측하는 것은 얼마든지 해도 좋다.
다만 생각대로 안 된다고 상처받지는 마라.

인생을 바꾸는 것은
사건이 아니라 태도다.

- 윌리엄 제임스

알퐁스 오스베르, 「고대의 저녁」

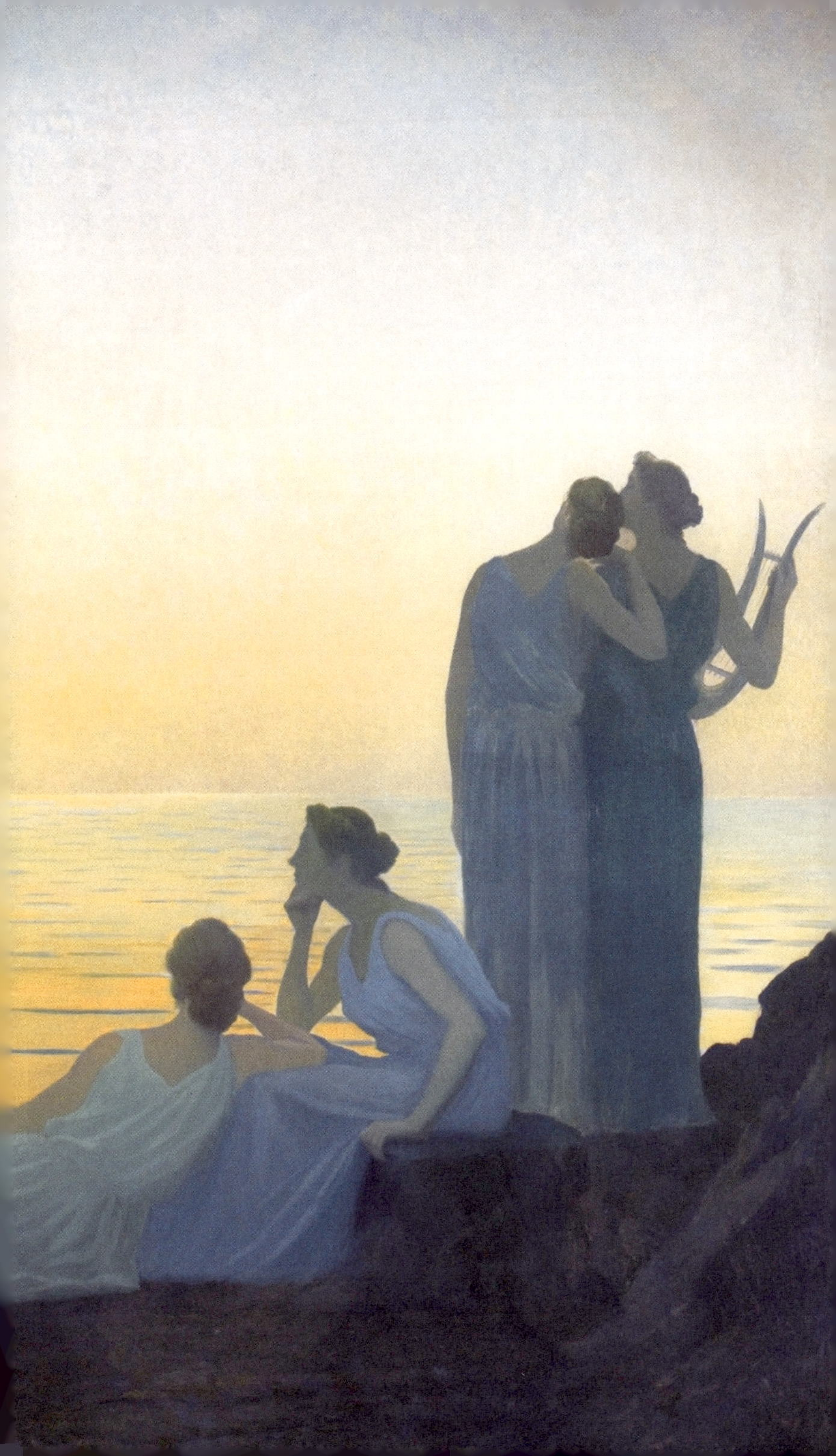

약점보다 장점을 보는 데
시간을 써라

"약점을 지나치게 고치려 애쓰지 마라.
약점이 발전을 가로막지 않을 정도까지만 다듬고,
그 이후에는 대부분의 시간을 강점을
극대화하는 데 써야 한다."

제임스 클리어의 말이다.
에너지를 극대화하고 최대 효과를 맛보려면
정말로 잘할 수 있고 즐기면서
할 수 있는 일을 하라는 뜻이다.

성공한 사람들은
자신들의 강점과 약점을 잘 알고 있으며
자신의 약점을 개선하는 데 시간을 보내기보다는
장점을 활성화하는 데 더 많은 에너지를 집중한다.

* * * * *

그렇기에 자신의 약점을

습관처럼 신경 쓰는 시각을 완전히 바꿔라.

약점과 친해져 도움 될 것이 없다.

아까운 인생,

모자란 내 모습만 바라보기에는

내 삶이 너무 아깝지 않은가.

당신이 못하는 것에 시간을 쓰기보다
당신이 잘하는 것에 배로 집중하라.

- 짐 콜린스

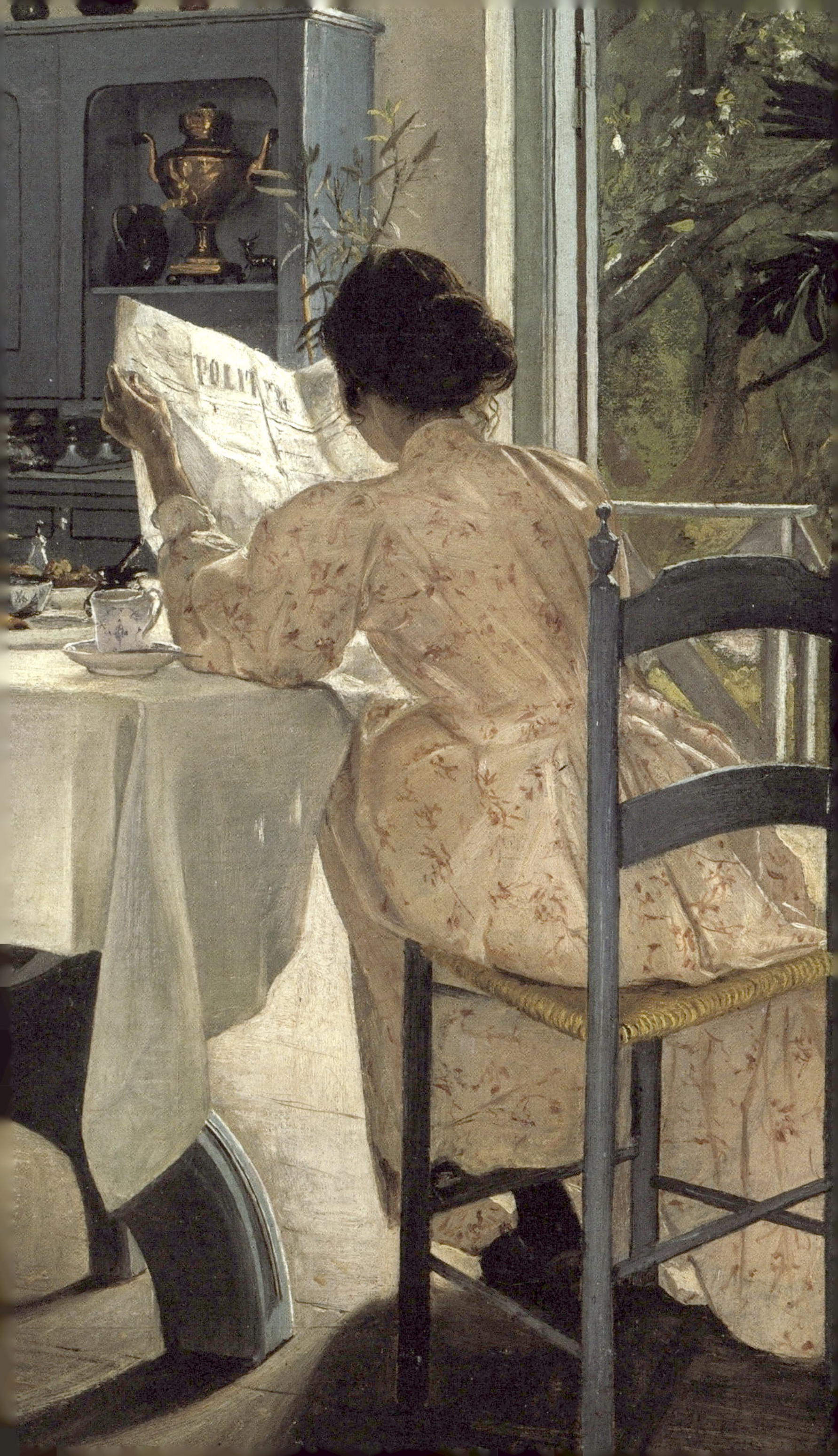
POLITIKEN

지혜로운 이는
내리막에서 여유를 배운다

인생의 목표를 향해 끝없이 전진하던 이들이
어느 날 더는 올라갈 데가 없다고 느끼면
왠지 허무하고 공허해진다.

이런 허무하고 공허한 심리적 현상을
'상승정지 증후군rising stop syndrome'이라 한다.

달도 차면 기운다고 한다.
영원히 피는 꽃이 없듯이
인간의 삶도 오르막 뒤에는 내리막이 있다.

내리막을 염두에 두지 않고
정상을 향해 끝없이 달리다
자신의 의도와 관계없이
눈앞에 내리막이 보이면 당황하고 힘들어한다.

*****

자신은 내리막이 없을 것이라 믿고 싶은
사람일수록 충격은 크다.

결국 인생은 오르막과 내리막이 교차하는 여정이다.
오르막에서만 삶을 바라보면 내리막은 충격이 되지만,
내리막까지 삶의 일부로 받아들이면
그 또한 평온한 길이 된다.

지혜로운 이는 오르막에서 겸손을 배우고,
내리막에서 여유를 배운다.

두 번째 마라톤은
어떻게 달릴 것인가

흔히 인생을 마라톤에 비유한다.

기대 수명이 70년 정도일 때는
50대쯤 42.195km를 완주하고
고단한 삶을 살아온 자신에게
휴식과 여유를 주다 떠나갔다.

하지만 지금은 좋든 싫든 수명은 무섭게 늘고 있다.
마라톤을 한 번 완주했다고
끝나지 않는다는 것이다.

50대가 되면
살아온 만큼 살아가야 한다.
다음 마라톤을 달릴 준비를 해야 한다.

＊＊＊＊＊

그렇다면 다시 달리기 전에
스스로 질문을 던져야 한다.
이번 마라톤은 어떻게 완주할 것인가.

너무 조급해하지도 불안해하지도 마라.
멀리 바라보고 긴 여행 경로를 훑어보고
예전보다는 조금 여유 있는 발걸음으로
여행하듯이 마라톤을 시작하면 된다.

다만 잊지 말자.
나를 버리지 말고 진정 소중한 것을
등한시하며 앞만 보고 달렸던 것은
반복하지 않기를.

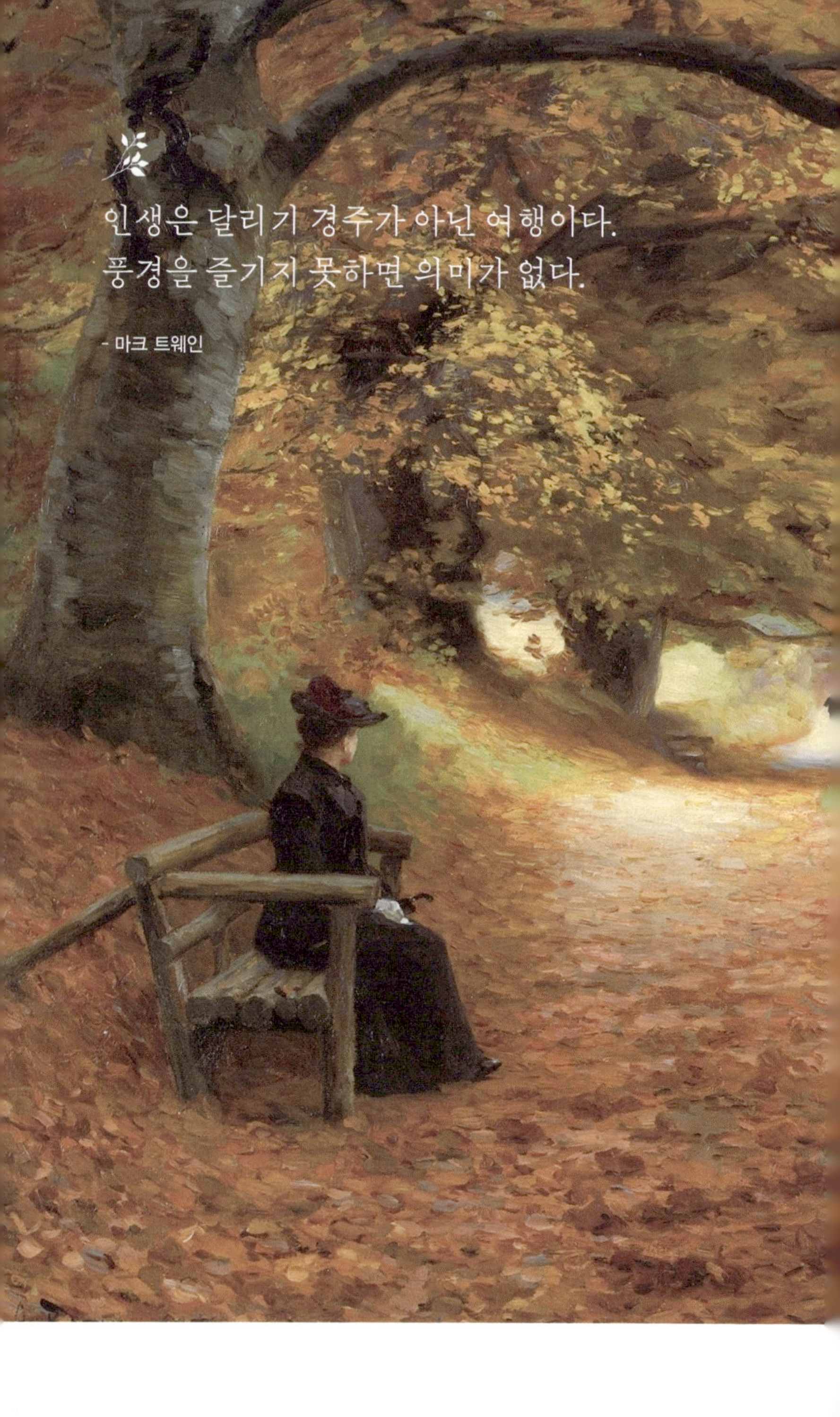
인생은 달리기 경주가 아닌 여행이다.
풍경을 즐기지 못하면 의미가 없다.

- 마크 트웨인

인생은 달리기 경주가 아닌 여행이다.
풍경을 즐기지 못하면 의미가 없다.

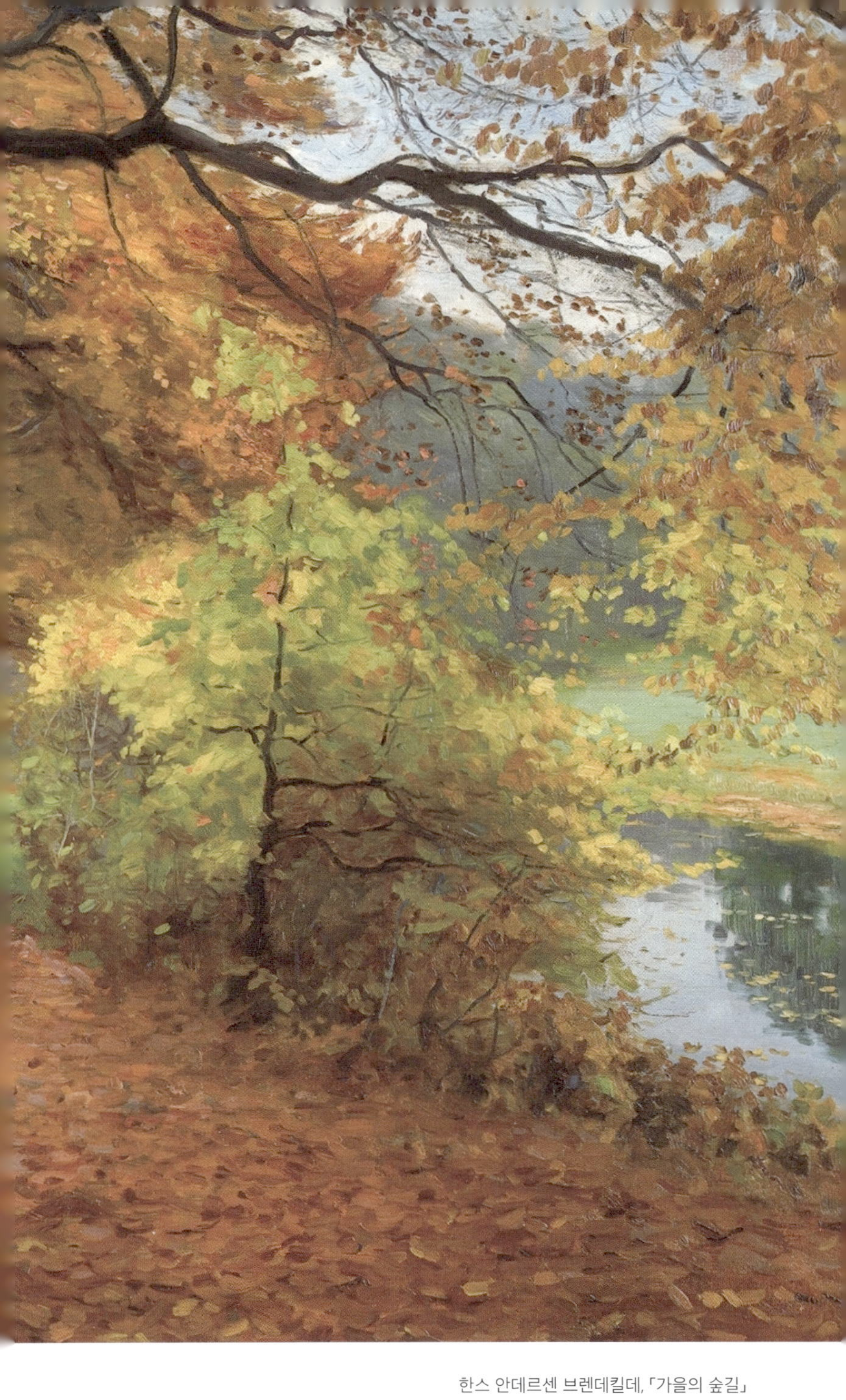

한스 안데르센 브렌데킬데, 「가을의 숲길」

아무것도 하기 싫을 땐
그냥 충분히 누워 있어라

———

살다 보면 먹구름이 낀 암담한 날이 온다.
내 힘으로는 아무것도 해결할 수 없다는
무기력의 벽에 선다.

도무지 먹구름이 걷힐 것 같지 않다.
놔버리고 싶고, 피하고 싶고,
포기하고 싶다는 생각이 수없이 찾아온다.

허나 먹구름은 뿌리가 없다.
먹구름이 지나가는 것은 시간문제다.
먹구름 사이로 짧게 햇살이 파고들기를 반복하다
어느 순간 맑은 하늘이 된다.

영화 〈카운트〉에는 이런 대사가 나온다.

*****

"복싱이라는 건 다운됐다고 끝나는 게 아니잖아.

다시 일어나라고 카운트를 10초씩이나 주거든."

먹구름이 지나갈 때까지 자신에게

10초의 시간을 주자.

바둥거리며 회복을 방해하지 말고

에너지를 충전해 다시 일어날 힘을 만들자.

시도는 나를 발견하는
확실한 방법이다

공자는 말했다.

어찌하면 좋을까, 어찌하면 좋을까 하며

고민하고 노력하지 않는 사람은

자신도 어찌할 수가 없다고.

나 역시 그럴 때가 있다.

고민의 꼬리를 잡고 끌려다니다

한 발짝도 나가지 못하고 밤을 지새운 적도 많다.

고민만 하다 끝나면

성공도 실패도 경험할 기회조차 얻지 못한다.

깨지더라도 부딪혀 봐야 옳은지 그른지 알게 되고

더 나아갈지 멈출지도 알게 되는 것이다.

* * * * *

시도를 해봐야 내게 어떤 무기가 있는지 알 수 있다.
시도는 나를 발견하는 확실한 방법이다.

시도하며 찾은 내 무기로 인생 후반을 살고 있다.
내가 잘할 수 있고 흥미가 있는 일을 하니
몰입이 주는 흥분을 경험한다.

몰입이 감정선을 툭툭 쳐주기에
그 힘 때문에 빠져들게 한다.
지금이 그 상태다.

이 또한 시도를 통해 얻은 것이다.
망설이고 고민만 했다면 얻지 못했을 값진 수확.

삶은 10%가 일어나는 일이고,
90%는 내가 그것에
어떻게 반응하느냐이다.

- 찰스 R. 스윈

프레더릭 칼 프리세케, 「창」

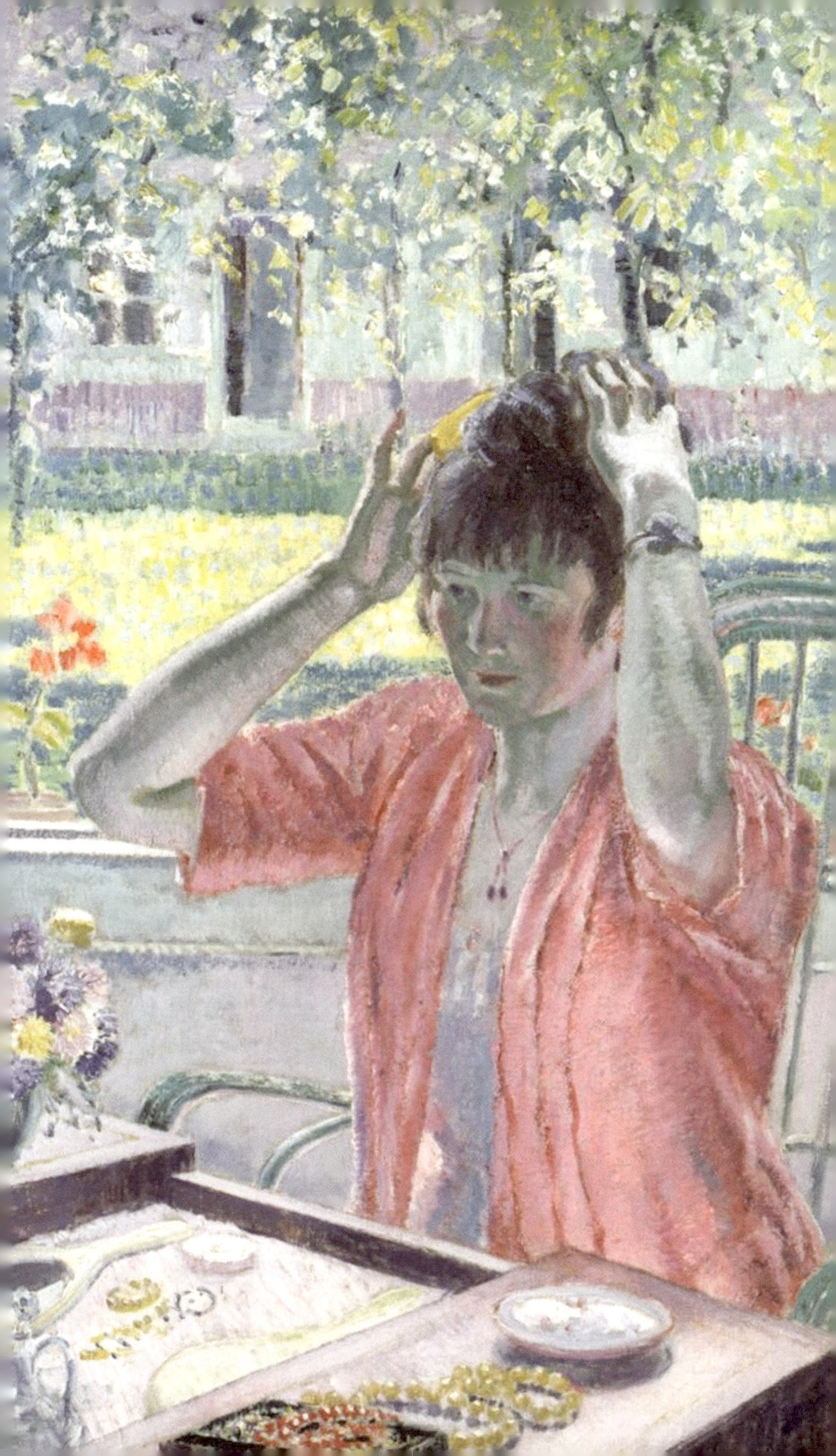

실패는 나아가고 있다는
증거다

눈이 처음 땅에 닿을 때는
금세 녹아 사라진다.
하지만 그 순간을 견디면
앞서 쌓인 눈이 받쳐주면서
더 빠르게 쌓여 간다.

삶의 도전도 이와 같다.
원하는 결과가 쉽게 주어지지 않는 건
누구나 아는 사실이다.

시도와 실패가 반복되면서 경험이 쌓이고,
그 과정이 결국 성취의 발판이 된다.
실패는 멈춤이 아니라
앞으로 나아가고 있다는 증거다.
진짜 멈춤은 포기할 때 일어난다.

* * * * *

성공 또한 끝이 아니다.

성취를 종결로 여기면

그 자리에서 발걸음이 멈춰버린다.

살아 있는 동안에는 언제나

새로운 배움과 도전을 이어가야 한다

그러니 실패의 순간은 녹아내리는 눈이 아니라,

언젠가 단단히 쌓일 눈의 일부로 받아들여야 한다.

견뎌내는 자만이 쌓이는 기쁨을 경험한다.

그렇지 못하면 눈은 매번 녹아내리고,

삶은 비워진 채 종점에 이르고 만다.

실패해도 괜찮다.
하지만 시도조차 하지 않는다면
이미 실패한 것이다.

- J.K. 롤링

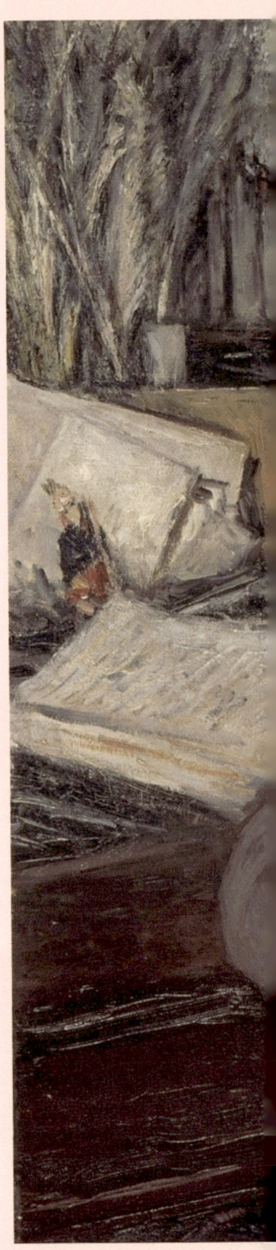

귀스타브 카유보트, 「앙리 코르디에」

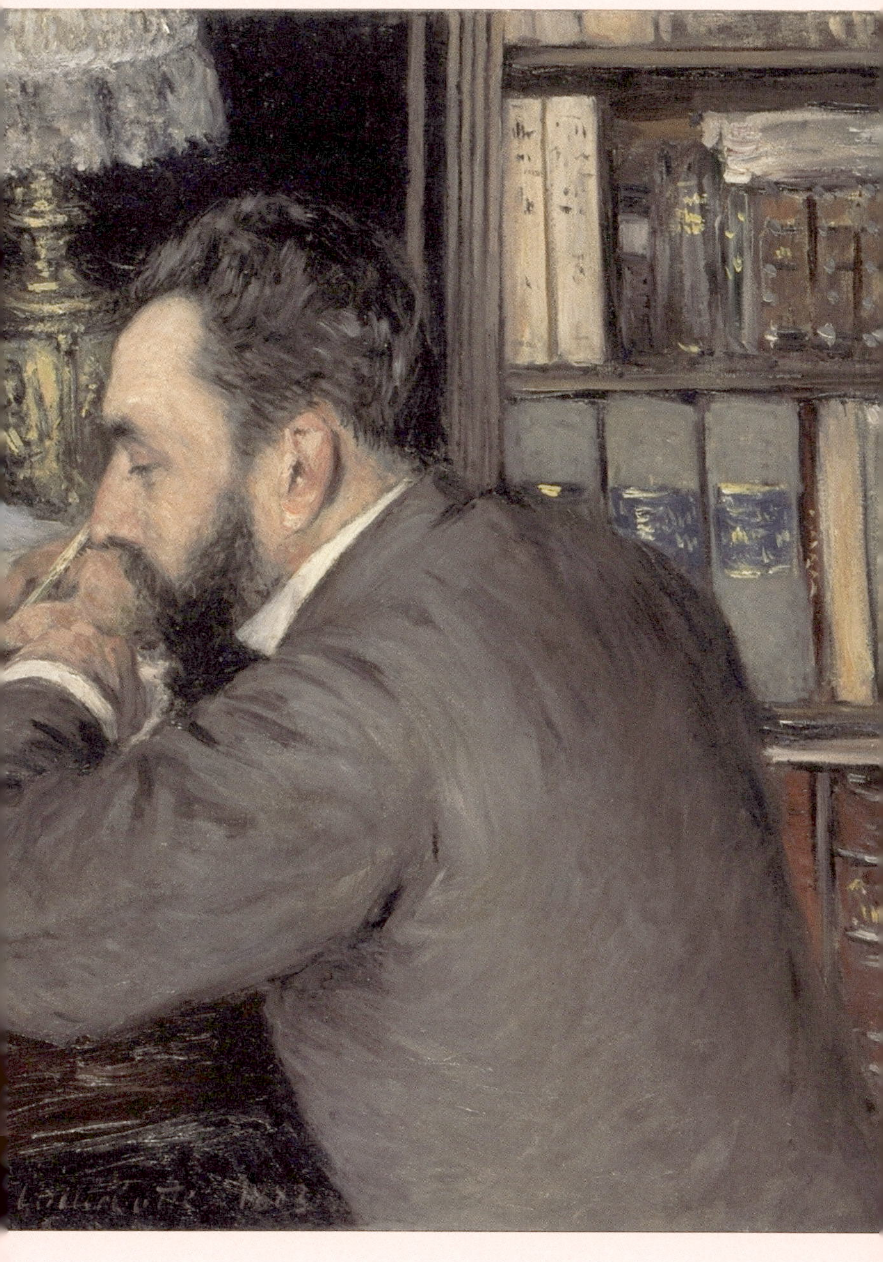

겸손해지고 느긋해지기 위해 오른다

일주일 동안 혼자 머물고 있는

섬 숙소 뒤에 있는 바위산으로 아침 산행한다.

땀 흘린 뒤 상쾌한 공기를 마시니

시원하고 톡 쏘는 사이다를 마시는 기분 같다.

같이 출발했던 분들은

어찌나 빨리 오르는지 보이지 않는다.

30분이면 정상에 오른다는데

나는 여전히 탐험하며 느릿느릿 가고 있다.

바닥에 떨어졌지만 여전히 예쁜 꽃잎들

곳곳에 들려오는 새들의 합창

산소를 품어내는 나무들의 호흡

파도와 바위가 만나며 내는 상쾌한 소리

그리고 둔탁한 내 발걸음 소리.

*****

이토록 아름다운 풍경을 두고 스쳐 가면 안 되지.

산은 느끼러 오르는 것이고
높이 올라 세상을 넓게 보며
겸손해지고 느긋해지기 위해 오른다.

이런 생각을 일찍 했다면 사회생활하며
좀 더 마음 편히 살았을 것 같다.

지금이라도 다행이다.
산에게 또 배운다.

편법이 반복되면
인생의 태도가 된다

집 앞에 초등학교와 유치원이 있다.
등하교 때 어린이에게
신호를 건너는 올바른 방법을 가르쳐주고
연습시키는 모습을 종종 본다.

그러다 가끔 아이들 주변으로
빨간 불에 넘어가는 어른들이 보인다.
그러면 아이들은 혼란스러워한다.
때론 자신도 슬쩍 그냥 넘어가고
별 탈이 없는 것을 느끼면 행동을 반복한다.

편법이 성공하면 좀 더 편안한 마음으로 편법을 쓴다.
편법이 반복되면 습관이 된다.
편법이 퇴적층처럼 쌓이면 삶에 대한 태도가 된다.

＊＊＊＊＊

성인이 되면 편법이 대담해지거나
사회에 미치는 악영향이 커진다.

조금 더디더라도 올바른 길을 걷는다면
인생길이 크게 틀어지지는 않을 것이다.

사람의 품격은
그가 보이지 않는 곳에서
무엇을 하느냐로 드러난다.

- 플라톤

빌헬름 해머쇠이, 「화가의 아내 - 뒤에서 본 실내」

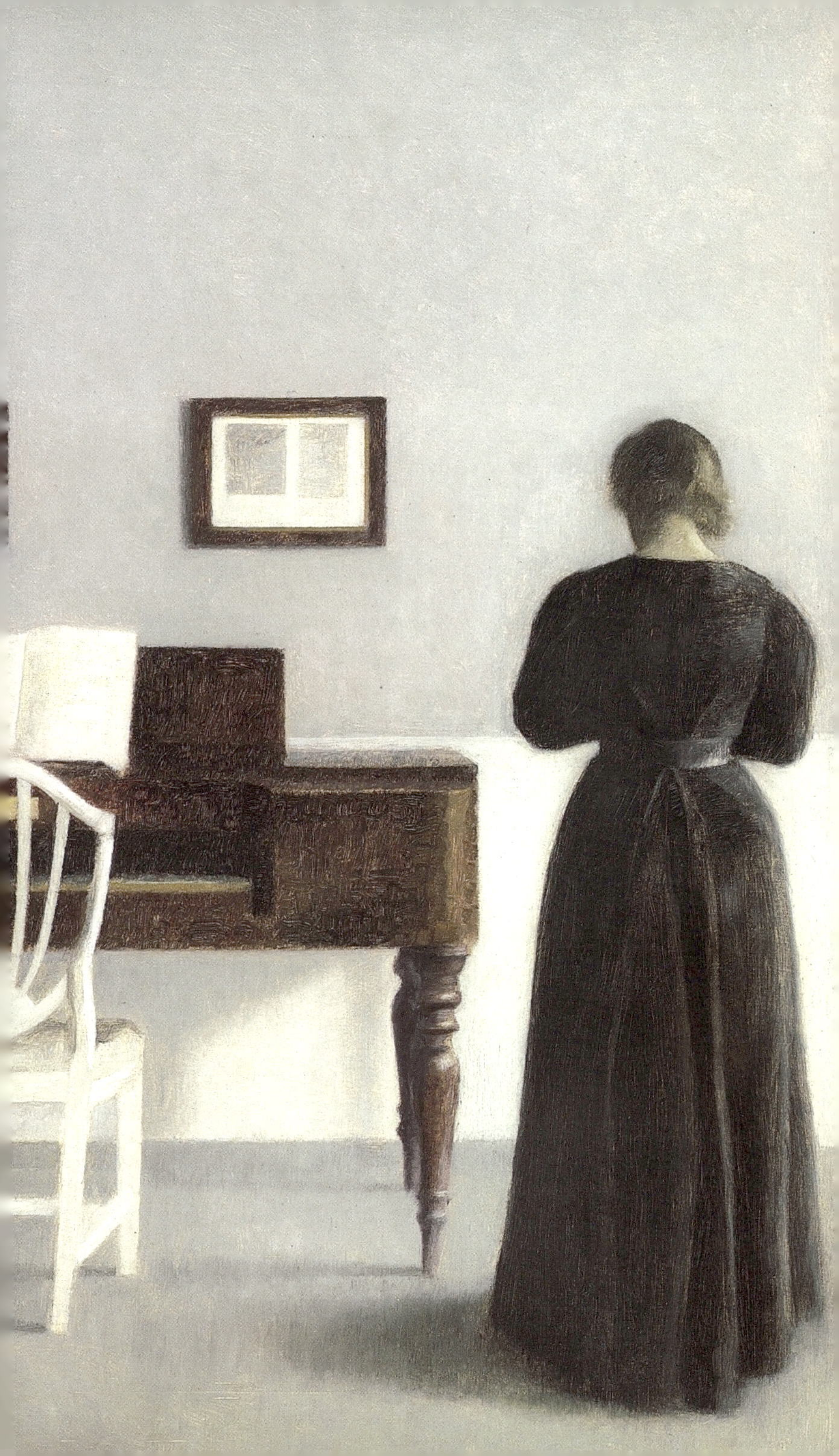

그래야
내 삶이 덜 흔들린다

타이베이 시의 랜드마크인 101빌딩은

지진과 태풍에 대한 우려 때문에

지어질 때 반대가 심했다.

하지만 완공 후 지진이 발생했을 때

건물을 지켜주는 댐퍼(진동과 충격을 완화하는 장치)

덕분에 잘 견뎠다고 한다.

댐퍼는 중심을 잡는 추와 같은 역할을 해서

지진에도 건물은 중심을 유지해서 피해가 없도록 한다.

나는 어떤 문제 앞에 놓이면

마음속의 선과 악이

부단한 토론을 하며 접점을 찾는다.

＊＊＊＊＊

상황에 따라 한쪽으로 심하게 기울 때도 있지만
일반적으로 지나치지 않게 결정한다.
이것이 가능한 이유는 마음속에도
댐퍼 같은 중심추가 있기 때문이다.

중심추의 기능이 제대로 발휘되는지는
살아오며 쌓인 판단과 행위의 반복이 결정한다.
중심추 기능을 제대로 못 하는 사람은
편향적, 편협, 극단적으로 흐를 수 있다.

중심을 잘 잡고 살자.
그래야 내 삶이 덜 흔들린다.

사막에 사는 나무도
재주는 있다

사막에 사는 나무는
단풍을 만드는 재주는 없다.
그러나 오래된 잎은 떨어트리고
새잎을 내는 재주는 있다.

인간도 모든 재능을 다 가질 필요는 없다.
자기만의 차별적 재능만 있어도
살아가는 힘을 갖게 된다.

물론 다 가지면 좋기야 하겠지만
다 가지려고 욕심낼 필요는 없다.

척박한 사막에서 생존하고 있는 나무도
버릴 것은 버리고 꼭 필요한 것만 취하니
살아남는 것 아닐까.

* * * * *

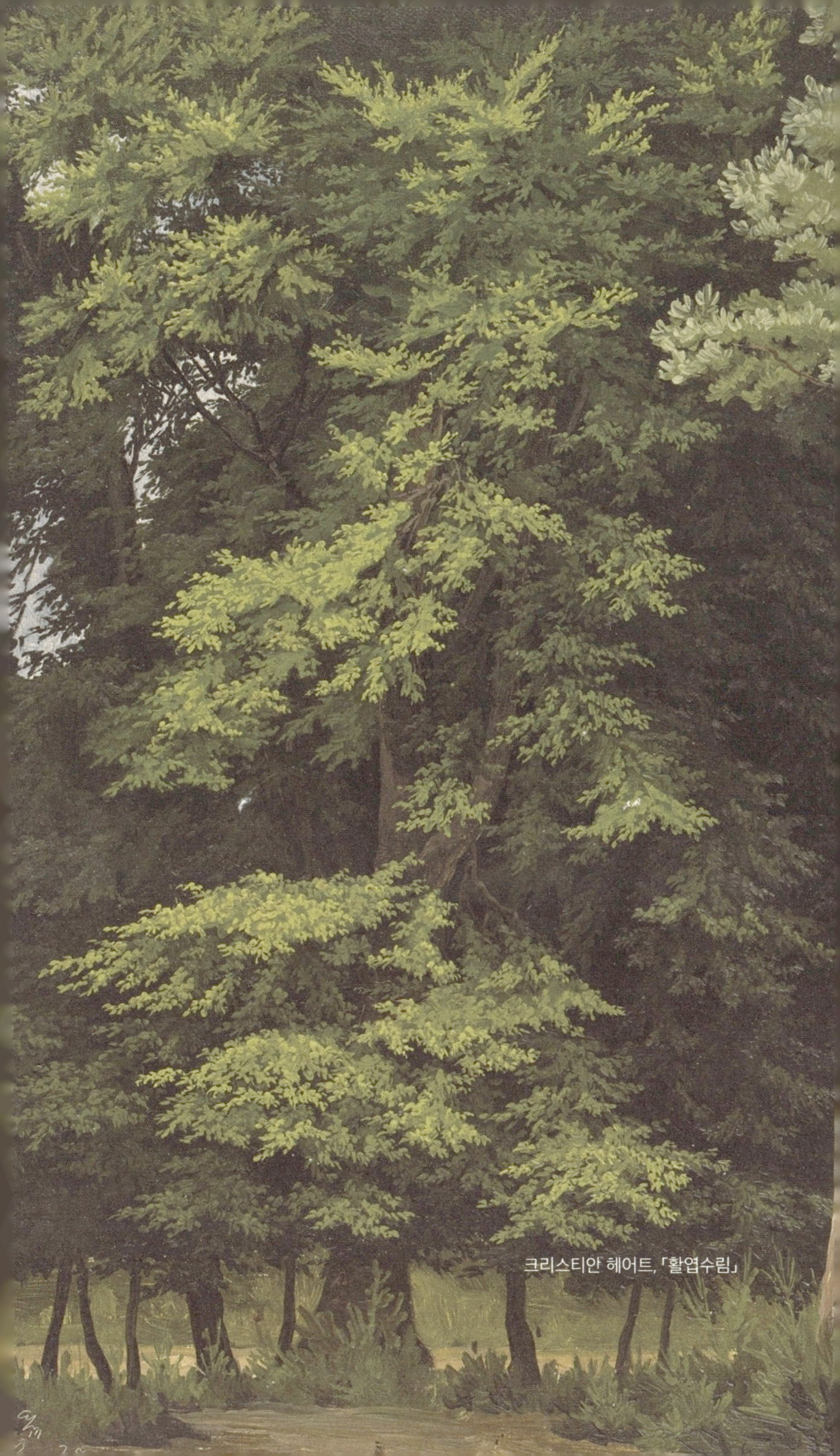

크리스티안 헤어트, 「활엽수림」

적당히 멀어져야
마음이 가까워진다

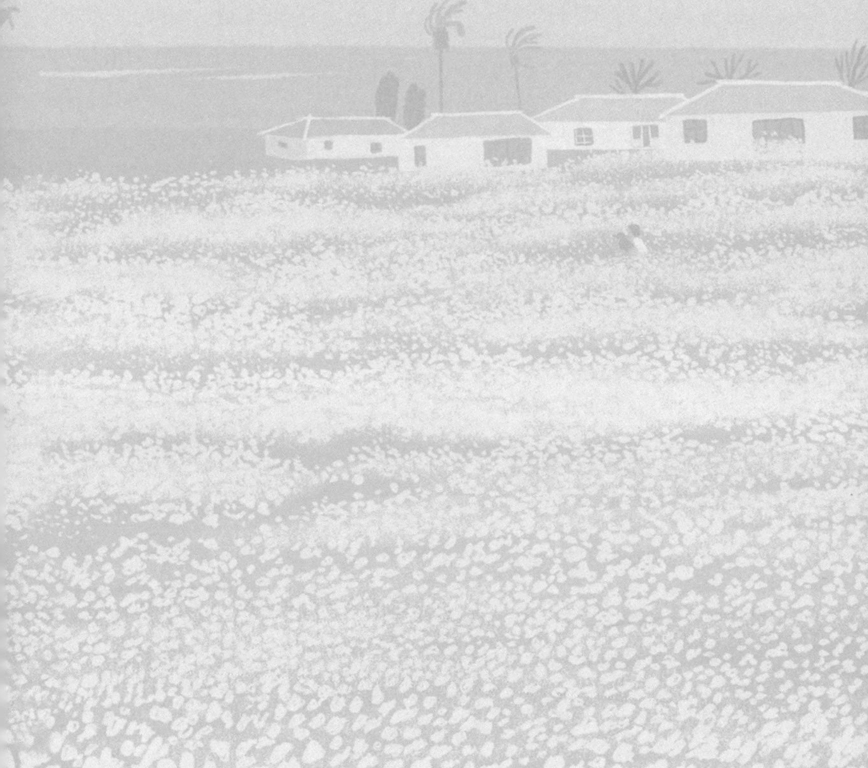

가족과의 관계에서도 감정은 작동된다

"다른 사람을 대할 땐 연애편지 쓰듯 했다.
그런데 백만 번 고마운 엄마한테는 낙서장 대하듯 했다."

드라마 〈폭싹 속았수다〉에 나온
애순의 딸 금명의 대사이다.

남에게는 쉽게 베푸는 다정을
가족에게 베풀 때는 큰 다짐과 용기가 필요하다.
남에게 쉽게 꺼내지 못하는 투정이
가족 앞에서는 오히려 쉽게 터져 나온다.

가족이 남보다 소중하다는 것을 알면서도
가족은 다 이해할 것이라는 착각 때문이다.

가족과의 관계에서도 감정은 작동된다.

이해하는 것과 상처받는 것은 별개다.
상처 입으라고 하는 말은 상처가 된다.
이해는 해도 상처는 남는다.
그렇게 선을 넘다 보면 남보다도 못한 사이가 된다

가까울수록 예의를 갖출 필요가 있다.
형식적인 예의가 아니고 인간관계의
기본적 태도를 보여야 한다.

그래야 가족이 오래도록 끈끈한 벗이 된다.
가까울수록 깨지기 쉬운 유리잔처럼
소중히 대하자.

사람과
사람 사이의 거리

───────

'불가근불가원不可近 不可遠'이라는 말이 있다.
가까이할 수도 멀리할 수도 없다는 뜻이다.

인간관계는 다양하고 복잡하다.
뜻과 마음이 맞는 사람만 곁에 있다면 좋겠지만
주는 것 없이 싫거나 불편하고 어려운 사람과도
함께해야 할 때가 있다.

그런 사람이라면 그저
가까이하지도 멀리하지도 않으면 그만이다.

어쩌면 일정 거리를 유지하는 게
현명한 방법일지도 모른다.
추위를 녹여 주는 난로도
조금 거리를 둬야 따뜻함을 느낄 수 있듯

＊＊＊＊＊

춥다고 지나치게 다가서면 옷이 타고 데인다.

맞지 않는 사람에게 억지로 다가가진 말자.
다만 거리를 유지하되 거리의 공백은
진심과 배려로 채우자.

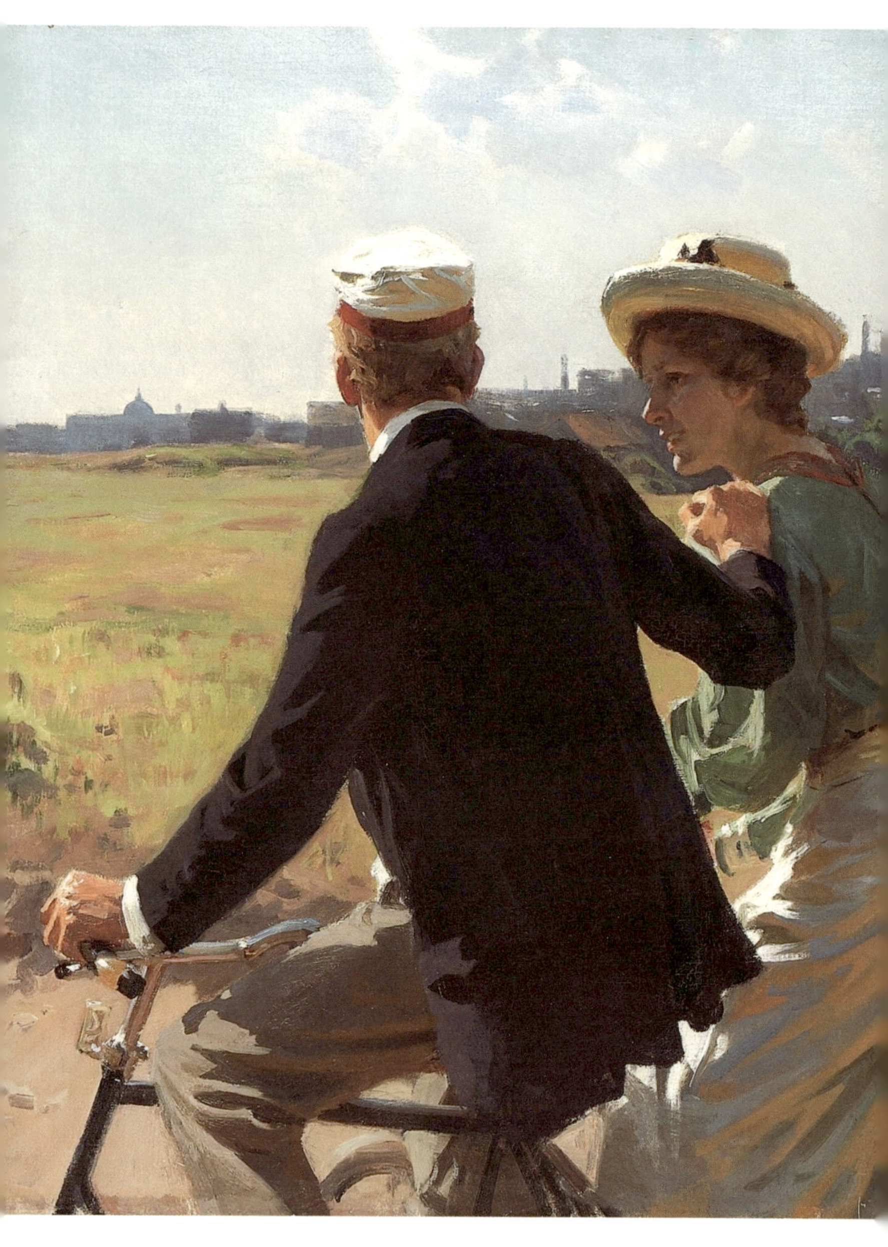

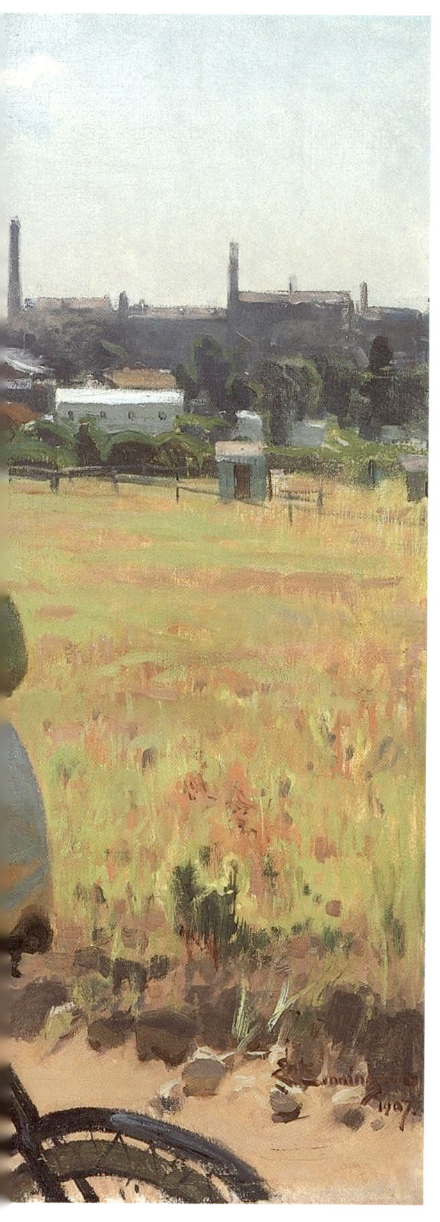

남을 미워한다는 건,
그 사람이
나의 마음을
지배하도록
허락하는 것이다.

- 부처

에리크 헤닝센, 「아침 산책」

네가 있기에
내가 있다

————————

인류학자가 아프리카 부족의 아이들에게
게임을 하자고 제안을 했다.
근처 나무에 아이들이 좋아하는 음식을 매달아 놓고
먼저 도착한 사람이 그것을 먹는 게임이다.

시작을 외치자 아이들은 뛰어가지 않았다.
모두 손을 서로서로 잡고 갔다.
그리고 음식을 함께 먹었다.

인류학자는 아이들에게 물었다.

"혼자 먼저 가면 다 차지할 수 있는데
왜 함께 뛰어갔지?"

✱ ✱ ✱ ✱ ✱

그런데 아이들은 '우분투'라고 외치며 대답했다.

"다른 사람이 슬픈데
어떻게 한 명만 행복해질 수 있나요?"

'우분투Ubuntu'란
반투족의 말로 '네가 있기에 내가 있다'는 뜻이다.

가족이 슬픈데
나 혼자 행복하다고 정말 행복해질까?
이웃이 슬픈데
우리 가족만 즐겁다고 정말 즐거울까?

무작정 먹이를 향해 달리기보다
'우분투'를 새기며 주변을 돌아보며 살아보자.

가족이라는 빛이
손을 내밀 것이다

산 정상을
다른 사람보다 일찍 정복하고 싶다는 일념으로
옆을 살필 여유조차 반납하고
정작 중요한 것이 무엇인지조차 잊고 살곤 한다.

힘들고 지칠 때도 있지만 정상을 향해
부지런히 한 발씩 옮기면서 올라간다.
그러며 내가 소홀히 했던 중요한 것들에 대해
변명거리를 거기에서 찾는다.

일찍 오르면 오래 머물 수 있을 거란 막연한 기대는
사람마다 차이만 있을 뿐이다.
때가 되면 누구나 산에서 내려오게 된다.
그제야 자신을 돌아보며 후회한다.
주변을 돌아보지 못했던 것에 대하여.

* * * * *

뒤늦게라도 깨달았다면
내려오는 길에서라도 소중한 것을 살펴보자.

천천히 한 걸음 한 걸음
놓아줄 것, 비울 것, 나눌 것을 생각하고 실천한다면
어디선가 작은 빛이 내게 손을 내밀 것이다.

그 빛은 가족이다.

가족은 인생에서 가장 강력한 나침반이다.
우리가 길을 잃을 때,
그들은 언제나 방향을 알려준다.

– 알베르트 슈바이처

비고 페데르센, 「거실의 햇살: 화가의 아내와 아이」

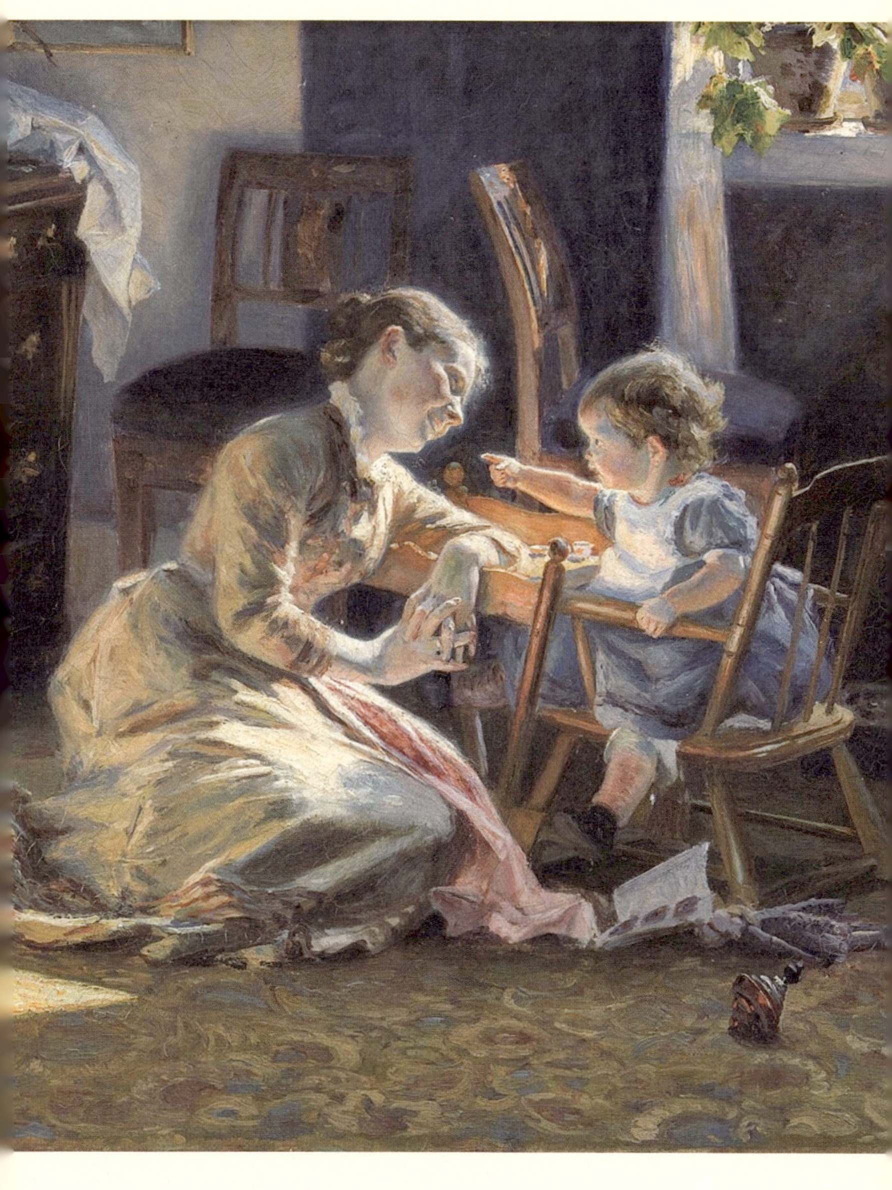

열매의 맛과 쓰임은
제각기 다르다

공교육의 가장 큰 문제는
앞장서서 비교를 조장한다는 것이다.
개인의 가능성을 키우기보다
비교 대상을 따라가고 닮아가려는 모방 심리를 키운다.

우리는 수많은 비교를 당하며 살았다.
비교가 행복에 부정적인 영향을 준다는 것을
누구보다 잘 알고 있다.

시집살이를 많이 한 시어머니가
며느리 시집살이를 더 많이 시킨다는 말처럼
비교당하며 살아온 우리가 아이들을 비교하며
키우지는 않는지 물어보면 좋겠다.

앵매도리櫻梅桃梨라는 말이 있다.

앵두나무, 매화나무, 복숭아, 배나무

모두 아름다운 꽃을 피우고 훌륭한 열매를 가지고 있지만

그 열매의 맛과 쓰임은 제각기 다르다는 의미다.

앵두나무로 태어난 아이를

자꾸만 매화나무와 비교하고 있지는 않은가.

끝없는 평행선은
단절을 의미한다

성향이 비슷한 부부도 있지만
다른 성향의 두 사람이 부부의 연을 맺는 경우가 많다.
꼭 성향이 같아야만 잘사는 것은 아니다.
오히려 다른 성향을 가진 부부가 잘산다는 말도 있다.

중요한 것은 서로 다르기 때문에
발생한 갈등에 대한 대처 방식이다.

서로가 자신의 성향을 내세우고
주장을 굽히지 않는다면 위기가 찾아온다.
끝없는 평행선은 단절을 의미한다.

단절은 부부의 끈을 느슨하게 만든다.
서로를 잇던 매듭은 풀리기 시작해 하나에서 둘로 나뉜다.

평행선 대신 아름다운 곡선으로
함께 어우러져 살아가길 원한다면
서로의 성향과 주장을 누그러뜨리고
조금씩 양보를 해야 한다.

그렇게 세월이 흐르다 보면
마치 퍼즐처럼 다른 모양이지만
하나의 그림을 그려갈 것이다.

행복한 결혼은
서로를 바라보는 것이 아니라,
같은 방향을 함께 바라보는 것이다.

- 앙투안 드 생텍쥐페리

카를 슈피츠베크, 「홀아비」

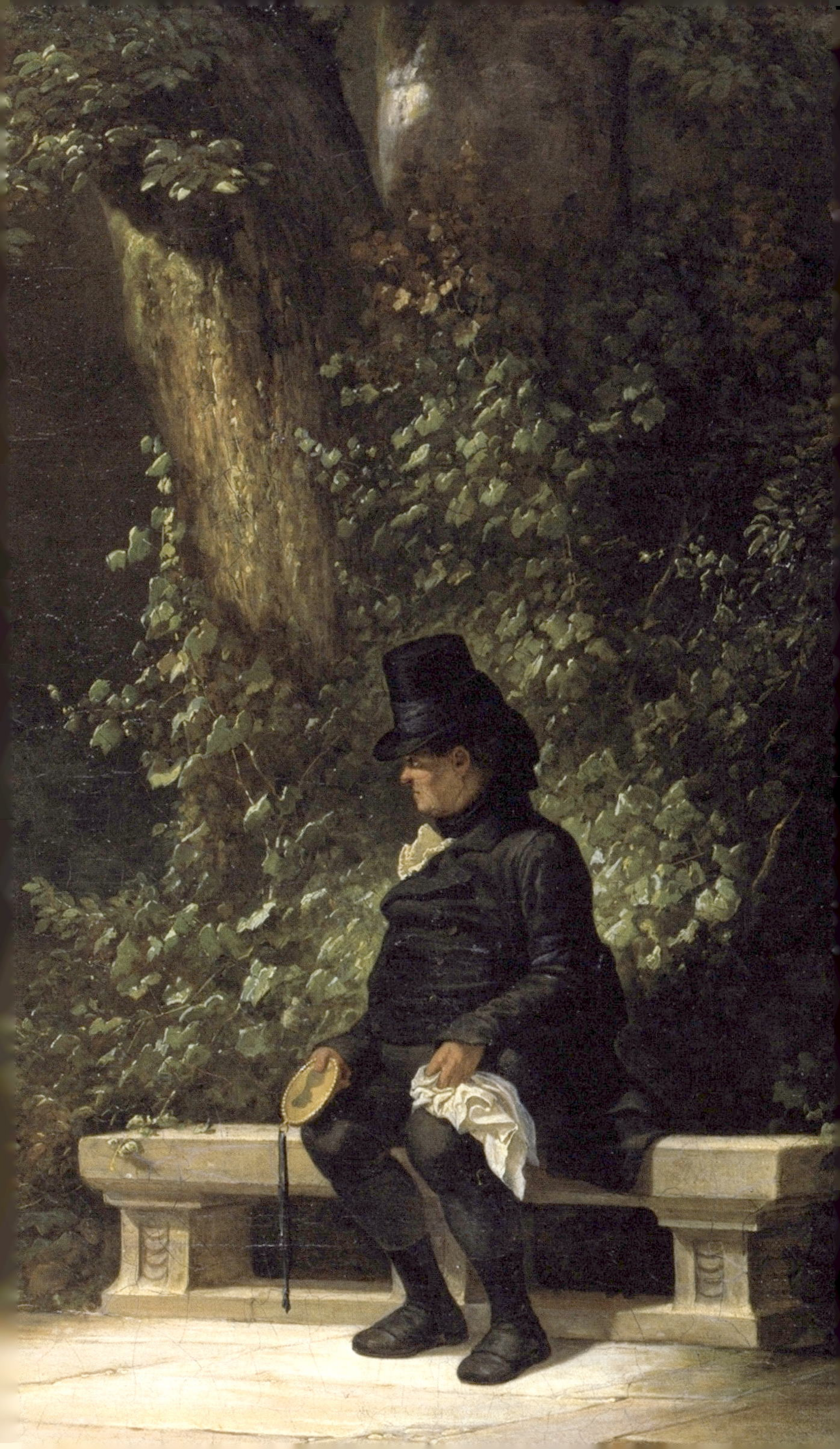

지나간 버스에
손을 흔들고 있다

______

부모는 자식을 본능으로 대하니
따지지 않고 즉각 반응한다.

자식은 부모를 이성으로 대하니
정도의 차이는 있지만 따져 보고 반응한다.

자식은 세월을 먹은 만큼만
부모를 이해하는 것 같다.

자신이 자식을 낳아봐야
어려움에 직면해봐야
부모의 행동을 공감하고 이해하게 된다.

나도 세월이 육십 물결 흐르다 보니
부모의 고단했던 삶이 그만큼 더 느껴진다.

* * * * *

실제 경험을 해야 이해가 되고 느끼다 보니
부모가 떠난 뒤 후회를 하는 경우가 대부분이다.
자식은 버스가 지나고 나서 손을 흔들며
후회하는 존재 같다.

나도 지나간 버스에 손을 흔들고 있다.

인간관계도 때가 되면
교대식이 필요하다

계절이 바뀌려는 낌새가 느껴지면
옷들은 교대식을 한다.

지나간 계절 옷은 안으로 들어가고
새로운 계절 옷은 밖으로 나온다.
그리고 이삼 년 동안 입지 않았던 옷들은 정리한다.
정리하지 않으면 새 옷이 들어갈 자리가 없다.

인간관계도 때가 되면 교대식이 필요하다.
만나고 나면 시간 낭비라고 느끼는 사람
만나서 대화하면 마음에 먹구름이 끼는 사람
만나면 자기 하소연만 늘어놓는 사람
필요할 때만 연락하는 사람.

＊ ＊ ＊ ＊ ＊

내 주변에 이런 사람이 있다면
계절이 바뀔 때마다 과감히 정리하자.

그래야만 소중한 사람에게
관심과 노력을 기울일 여력이 생긴다.

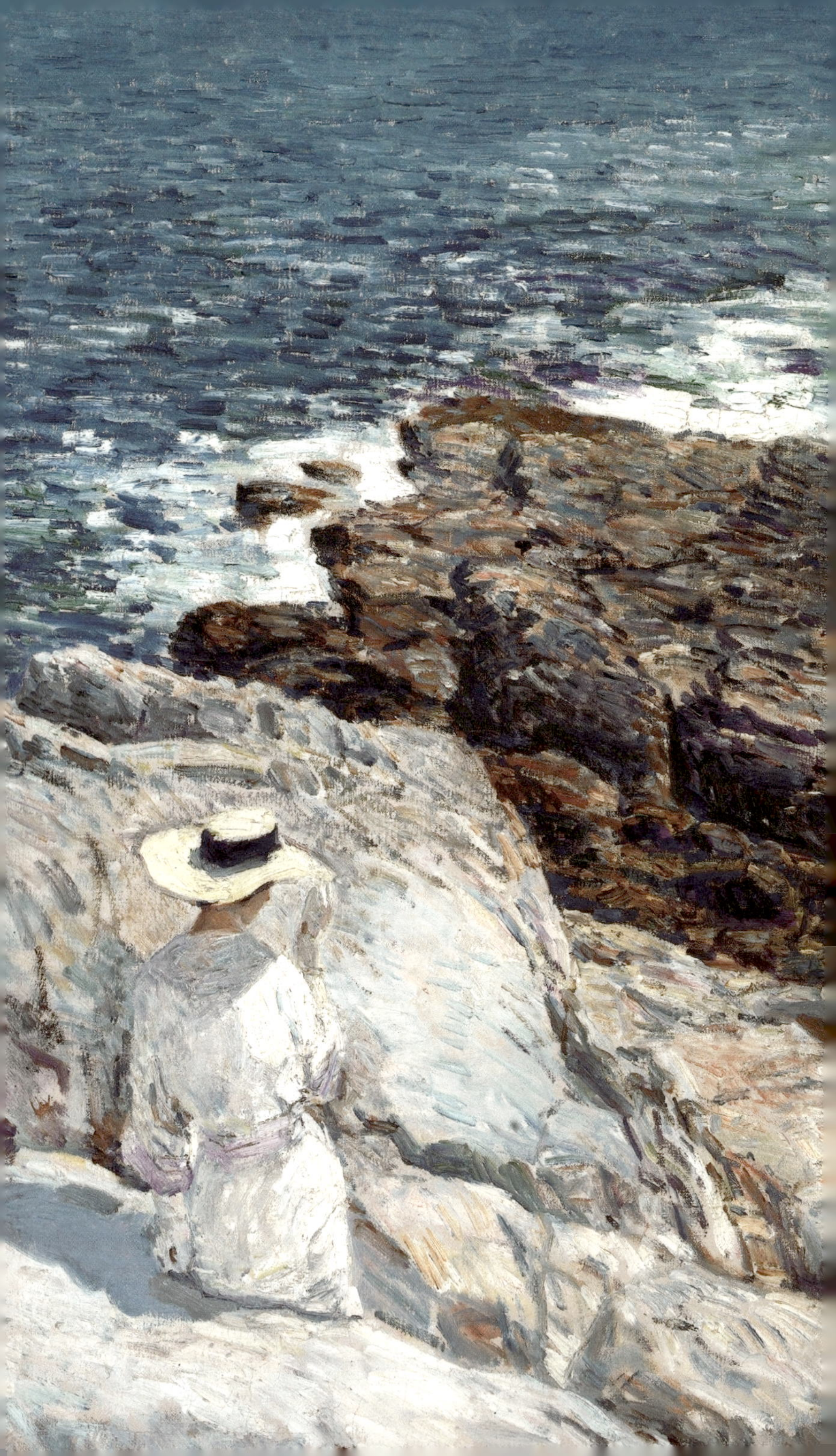

친구를 고르는 일은
시간을 들여야 하지만,
놓아야 할 때를 아는 일도 지혜다.

- 세네카

차일드 하삼, 「남쪽 절벽, 애플도어」

부모의 육아 목표는
아이의 독립이다

갈수록 자녀의 독립이 늦어지거나
아예 자발적 효자를 자청하며
독립을 꿈꾸지 않는 경우가 많단다.

늦어지는 자녀의 독립은
때가 되면 육아 독립을 기대했던 부모의 어깨를
여전히 무겁게 한다.
중년 후반부터 누리려 했던 자유는 물 건너간다.

아이가 실패나 실수하는 것이 두려워
장애물을 깨끗이 치워주기 바쁜 부모라면
그 날갯짓이 나중에 어떤 결과로 이어지는지
생각해봐야 한다.

아이가 넘어지는데 마음 아프지 않은 부모는 없다.

아파도 나서지 말고 참아줘야 할 때는 참아야 한다.
다만 너의 곁에 내가 있다는 믿음을 주고
다시 손 털고 일어날 수 있도록 응원해주자.

올바른 육아는 아이가 홀로 설 수 있도록 해주는 것이다.
넘어지고 깨지면서도 그것을 이겨내며
앞으로 걸어가는 것이 삶이다.

자신의 삶을 누리기 위해서라도
아이의 독립을 위한 육아를 해라.

아이에게 줄 수 있는 두 가지 선물은
뿌리와 날개다.

- 요한 볼프강 폰 괴테

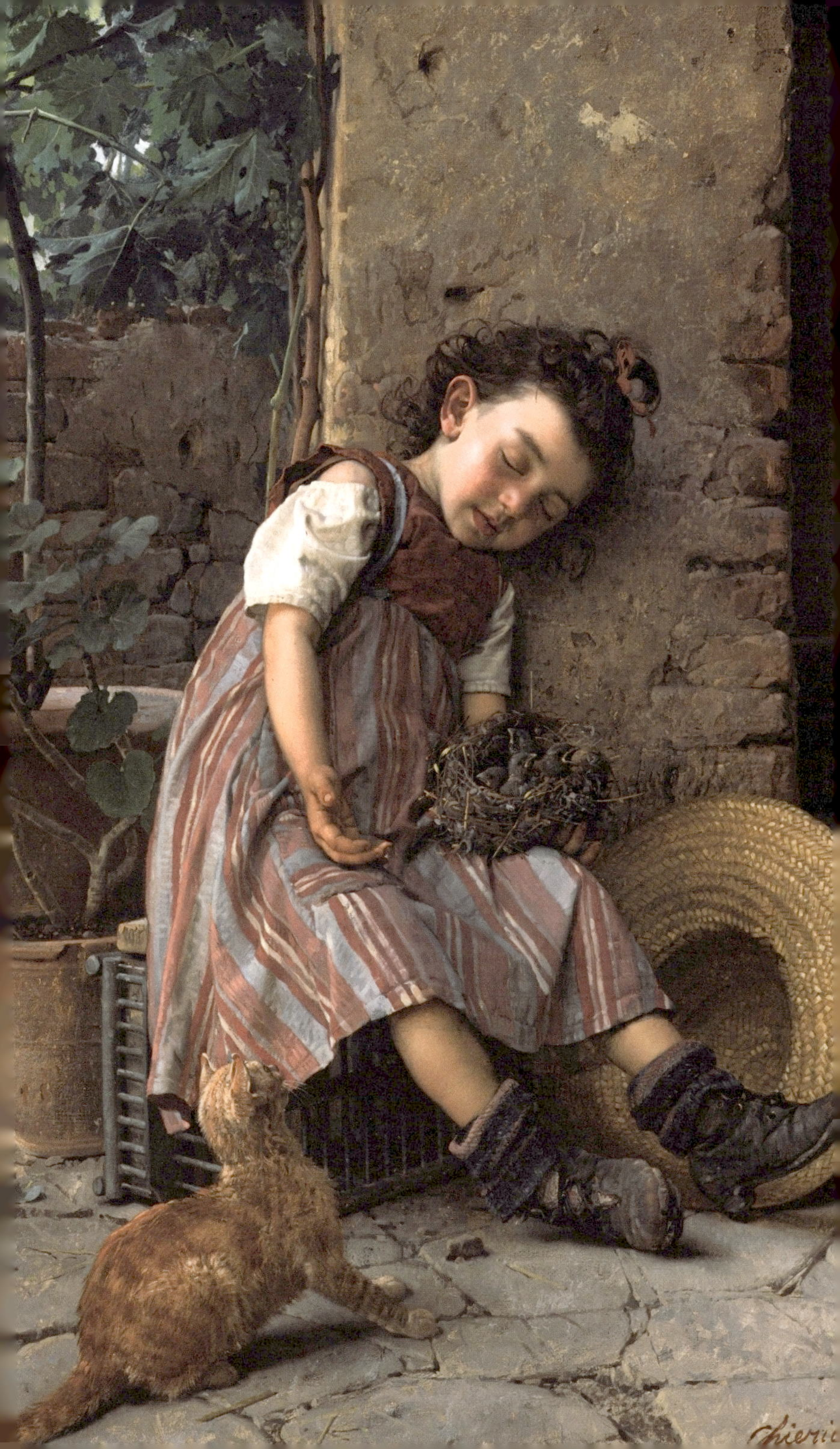

강자에게는 강하고
약자에게는 약한 사람

———————

사람을 대하는 태도는 크게
강약약강, 강약약약, 강강약약으로 나뉜다.

강약약강 성향은
'빈 수레가 요란하다'는 속담처럼
실제 강하지 않은데 강하게 보이려고
말투와 행동을 크거나 거칠게 한다.
실제 힘이 약하다는 것을 자신이 알기에
강한 상대는 피하고
약한 상대를 대상으로 위력을 과시한다.
이런 비열한 유형이 상사에게는 잘 보여 출세하기도 한다.
그런데 한계는 분명히 온다.

이런 유형에게 크게 상처받는 유형이
강약약약이다.

* * * * *

강한 자에게 대적할 마음이 없는데
그렇다고 자신보다 약한 사람에게는
마음이 약해서 강하게 못 한다.
대인관계에서 가장 고충이 큰 유형이다.

일부지만 강한 상대에 맞서고
자신보다 약한 사람에게는 관대하고 유연한
강강약약 유형도 있다.

평소 나대지 않고 조용한 성향이지만
불의에 나서는 용기가 있다.
이런 유형은 주변인들에게 칭송을 받지만,
상사에게는 눈엣가시 같은 존재가 될 수 있어
단기적으로는 고초를 겪을 수 있다.
하지만 길게 보면 그 가치를 인정받는다.

세상은 다양한 색감을 가진 사람들에 의해 조화를 이룬다.
다른 특성은 성향에 기인한 것이지만 깊이 보면
내면의 자존감에 의해 좌우되는 경향이 강하다.
자존감이 강하고 내면이 탄탄한 사람이기에
강자에게는 강할 수 있고,
약자에게는 포용과 선한 마음을 줄 수 있는 것 같다.

담금질이 쇠의 강도를 결정하듯
단련이 자존감의 강도를 결정한다.
강자에게 강하고 약자에게 약한,
진짜 강한 사람이 많은 사회가 진짜 강한 사회다.

* * * * *

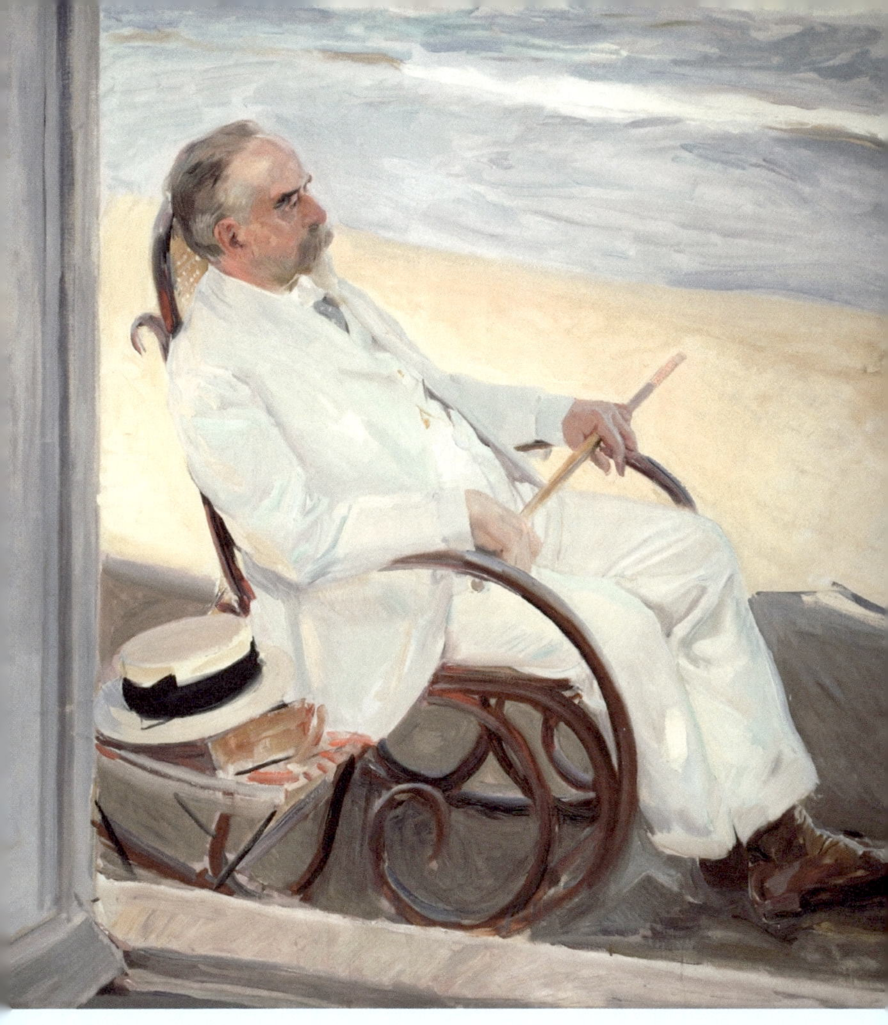

호아킨 소로야, 「해변의 안토니오 가르시아」

인간관계 고수는
맞춤형 소통을 한다

하워드 가드너의 다중지능 이론에서는

모든 아이가 같은 방식으로

배울 수 없음을 인정한다.

이것을 인간관계에 적용하면,

모두에게 같은 방식으로 대하는 건

오히려 해가 될 수 있다는 점과 맞닿아 있다.

내향적인 사람에게는 여유를

외향적인 사람에게는 반응을

신중한 사람에겐 기다림을

즉흥적인 사람에겐 즉각적인 피드백을 주는 것이

관계에서의 '맞춤형 소통'이 된다.

* * * * *

관계는 '성실한 맞춤'이다.

관계능력이란 결국

자기 기준을 고집하지 않고

상대의 성향과 상황을 읽어낸 뒤

그에 따라 말하고 행동할 줄 아는 능력이다.

동반자라는
단어가 잘 어울릴 것

미장원에서 머리를 하며 시간이 꽤 소요되니
주인장과 이런저런 이야기를 많이 나눴다.
여러 이야기 중 남편 이야기가 길어졌다.

본인은 친구들과 놀러 다니면서
시간을 보내는 것이 좋은데
남편은 꼭 가족이나 자신과 함께하려고 해서
가끔 다툼이 생긴단다.
친구들도 비슷한 고민을 한단다.

남자들은 나이가 들면
아내 품으로 파고들려고 기를 쓴다.
반대로 여자들은 친구들과 함께하려고 한다.
이러면서 없었던 갈등도 생긴다.

오랜 기간 둥지보다

사회생활과 외부 인맥을 중시했던 남편들은

둥지의 소중함을 느끼며 둥지로 파고든다.

자신이 끝까지 머물 유일한 곳은

둥지라 느끼는 절박함도 있다.

반면 오랜 기간 둥지를 지켰던 아내들은

새끼가 떠나간 둥지에 머물기보다

뜻이 맞는 친구들을 찾아 밖으로 날아다닌다.

둘 다 정상이고 자연스러운 현상이다.

다만 서로 이해와 인정이 필요하다.

잠시 떨어져 있는 것도 아쉽게 생각했던 젊은 시절에도

늘 함께 있다 보면 간절한 느낌이 흐려질 수 있다.

인생 후반을 함께 걷고 있는 부부라면
동반자라는 단어가 잘 어울릴 것 같기도 하다.

동반자는 마음이 맞거나
맞추어 살아가는 벗과 같은 존재다.
대부분 벗은 모든 것을 같이 하기보다
함께할 때는 함께하되
대부분 각자 원하는 생활을 하며 살아간다.
그렇다고 끈끈함은 느슨해지지 않는다.

부부도 오래 함께 걸어가려면 벗처럼 보내면 좋겠다.

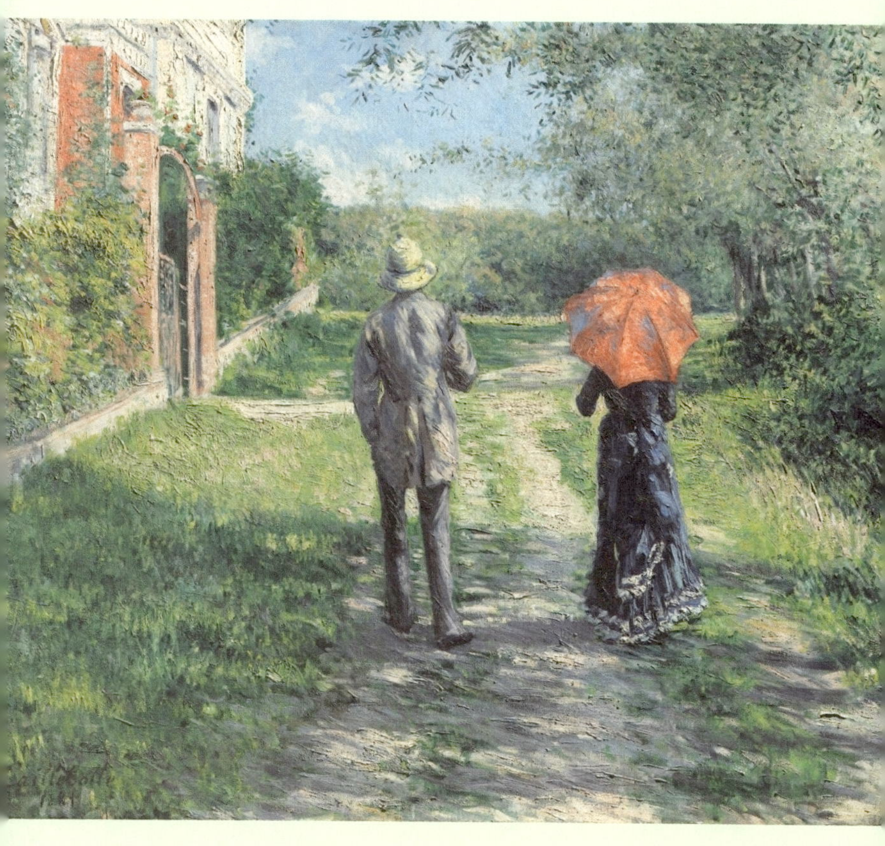

구스타브 카유보트, 「오르막길」

모순된 감정도
내 안에 자리 잡고 있다

오랜 세월 많은 사람과 뒤섞여 살았다.
그 시간이 좋기도 했지만
때로는 나만의 시간이 부족하다는 헛헛함이 크게 다가왔다.

그래서 세상과 의도적으로 거리를 두기 시작했다.
나에게 집중하는 시간이 늘고
가족과 함께하는 여유도 생겨 좋았다.
하지만 가끔은 허전하고 외롭다는 감정이 밀려온다.

다시 세상으로 나가 사람들과 어울리고 싶다는 마음과
그러다 보면 또 나만의 시간이 결핍될 것 같다는 두려움.
내 마음속에서 두 감정이 갈등한다.

이처럼 상반되거나 모순된 감정이 동시에 드는 상태를
양가감정이라 한다.

인간의 마음은 오묘하고도 신비로운 우주다.

그 깊이와 범위는 가늠할 수 없다.

그래서 모순된 감정 또한 자연스럽게

그 안에 함께 존재한다.

지나치게 불편하지 않다면,

그런 감정들은 애써 밀어내기보다

그저 받아들이는 것이 좋다.

우리는 늘 감정과 행동 사이의 모순을 안고 살아간다.

이 또한, 우주 같은 내 마음의 일부다.

인생에서 가장 위대한 행복은 확신이다.
누군가가 나를 있는 그대로
사랑하고 있다는 확신.

- 빅토르 위고

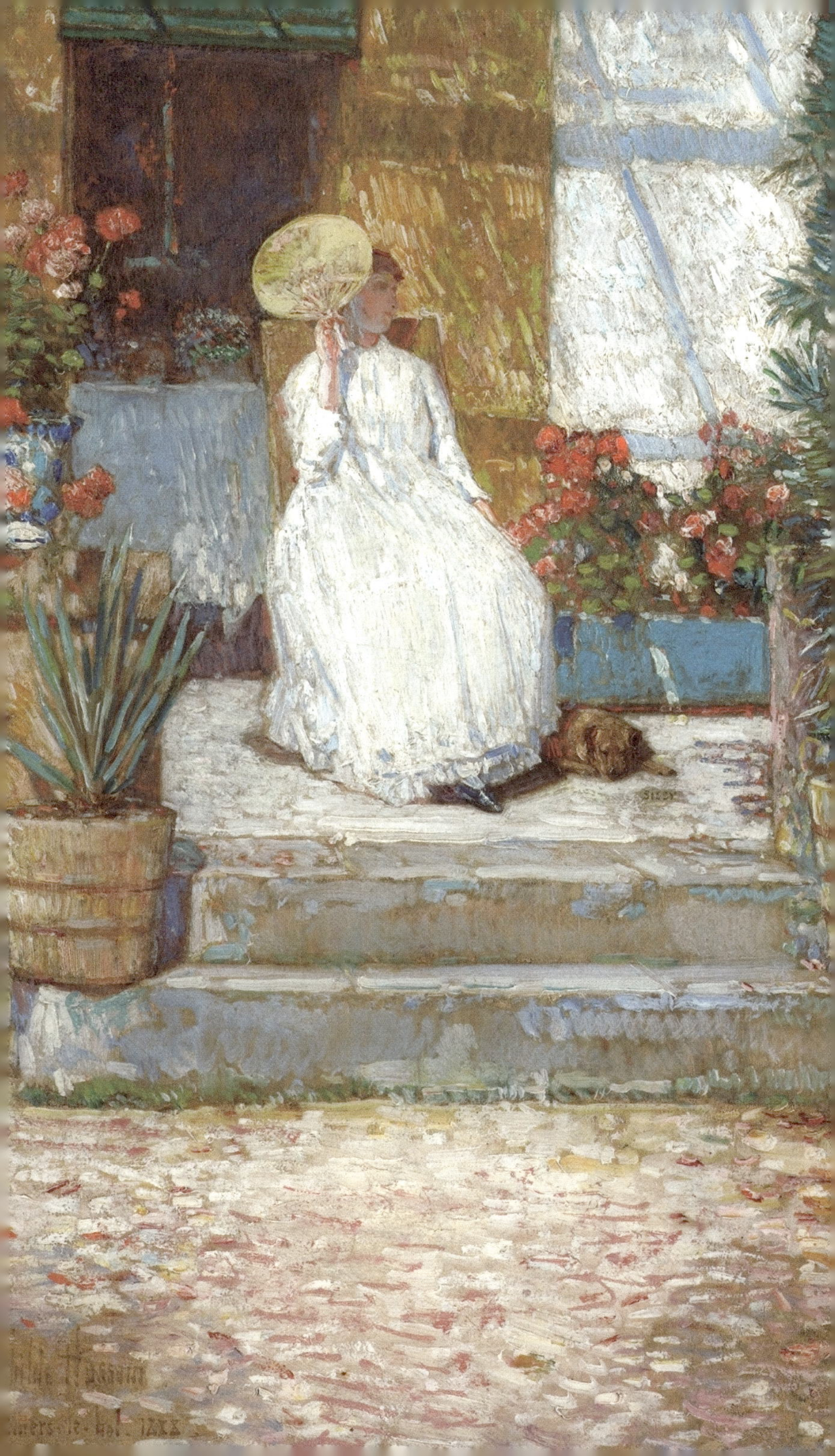

감정의 울타리를
무너트려라

삶의 물줄기를 적지 않은 기간 맞다 보니

기쁨, 노여움, 슬픔, 즐거움이라는

코너를 수차례 경험한 것 같다.

돌이켜보면 기쁨과 즐거움을 느끼는

코스는 짧았던 것 같고 그 느낌이 쌓이지 않고

물이 흘러가듯 사라져 버린 것 같다.

오래 머물지 않고 사라지는 신기루 같았다.

가족 내에서 또는 사회생활 속에서

사람과의 관계나 일 때문에 겪었던

노여움과 슬픔은 강물과 함께

흘러가지 않고 잔재가 퇴적물처럼 쌓여

가슴 한쪽에 남아 있는 것 같다.

＊＊＊＊＊

그 퇴적물이 쌓이고 쌓여 막히면
감정의 폭발이 일어나거나 무기력이
지배하기도 한다.

감정의 울타리를 무너트려라.
특히 노여움과 슬픔이 찾아오더라도
잘 흘러가도록 물길을 만들어주고 터줘라.
기쁨과 즐거움은 순간 사라지고
노여움과 슬픔을 오래 느꼈던 것은
울타리 때문에 느꼈던 착각일 수 있다.

울타리를 치우면 기쁨과 즐거움의
감정이 더 오래 머문다는 느낌이 든다.

풀리지 않는 관계라면
그냥 멀리하는 게 낫다

———————

인간의 삶은 관계의 거미줄로 엮여 있다.
이해관계나 성향에 따라
친근하게 지내기도 하지만 부딪히기도 한다.
부딪힘의 강도에 따라 상처의 크기도
다르게 나타난다.

관계 충돌은 얼마든지 나타나는 현상이다.
다만 개선을 위해 노력할 필요의 유무는
상대에 따라 다름이 있을 것 같다.
무조건 풀어야 한다는 강박은 버렸으면 한다.
생각이나 사소한 차이 때문인 갈등은
당연히 정성을 다해 노력하고 풀어내야 한다.

그런데 심성에 문제가 있는 사람과의
부딪힘은 다름이 있다.

심성은 심해의 깊이처럼 깊어서 변하기 어렵다.
풀어서 해결될 것이 아니라 판단되면
그 사람과 멀리하는 것도 결단할 필요가 있다.
이런 사람과 풀어보려 견디다 보면
자신의 마음이 피폐해지고 시들 수 있다.

악한 사람을 상대하는 가장 좋은 방법은
그냥 멀리하는 것이라는 부처님의 처방전에
충분히 공감한다.

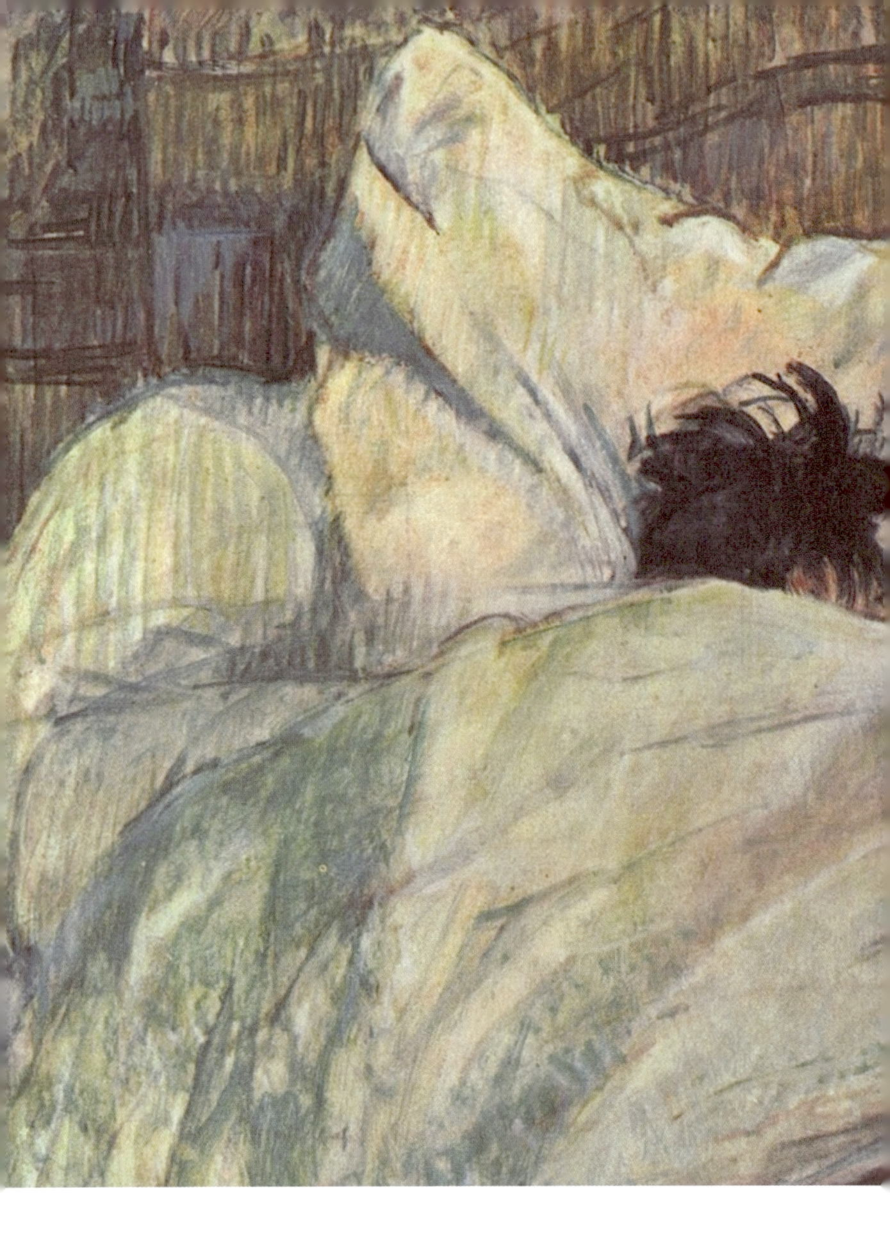

앙리 드 툴루즈-로트레크, 「침대에서」

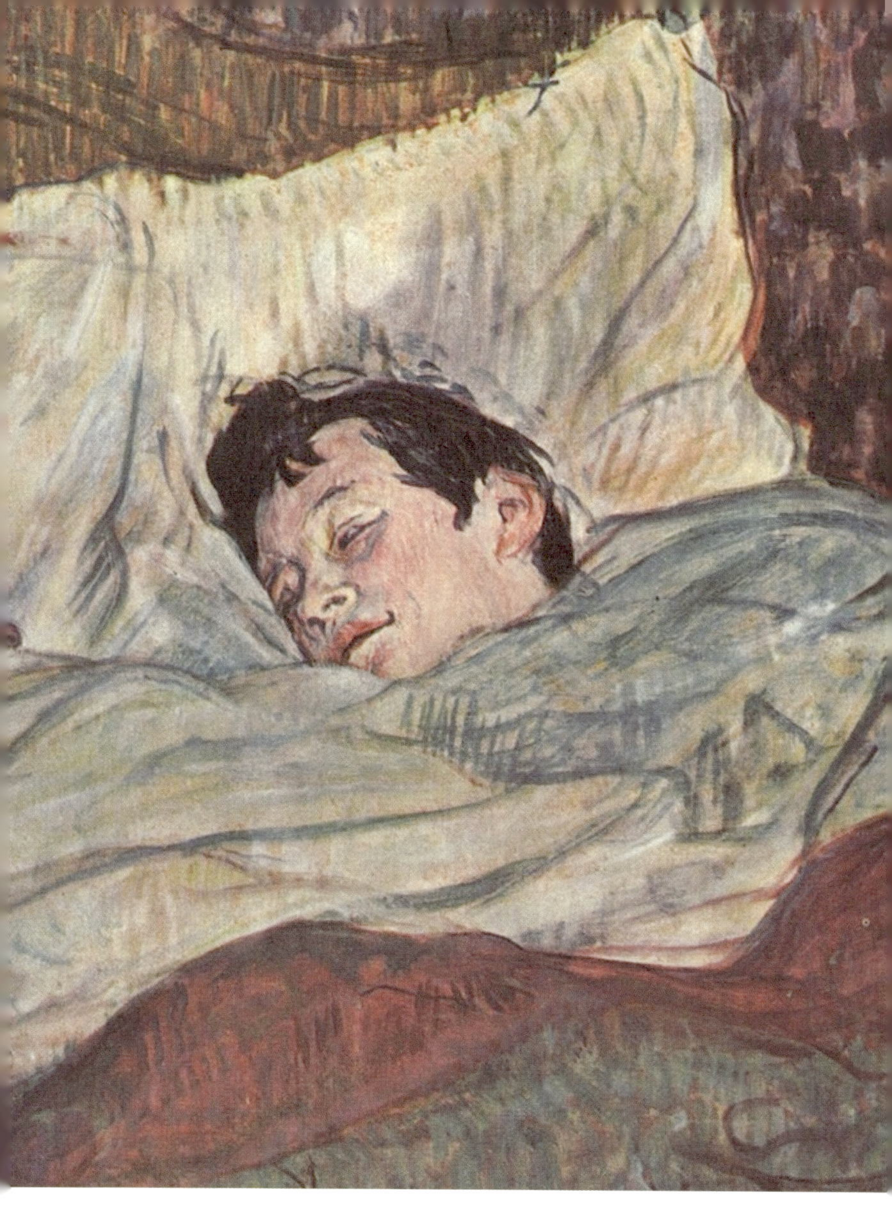

시간은 삶이 주는 가장 좋은 선물이다.
그것을 소중한 이에게 써라.

- 칼 샌드버그

1장

차일드 하삼, 「정원에서In the Garden」, 1892

앙리 르 시다네르, 「창문에 비친 태양Le Soleil Dans Les Vitres」, 1936

차일드 하삼, 「작은 연못, 애플도어The Little Pond, Appledore」, 1890

제임스 맥닐 휘슬러, 「백색의 교향곡 2번: 작은 백의 소녀 Symphony in White No. 2: The Little White Girl」, 1864

차일드 하삼, 「제라늄Geraniums」, 1888-1889

차일드 하삼, 「동쪽 곶, 애플도어 - 숄즈 제도The East Headland, Appledore – Isles Of Shoals」, 1908

알퐁스 오스베르, 「저녁 바다의 조화Armonia della sera al mare」, 1930

로리츠 안데르센 링, 「황혼 - 화가의 아내Skumring. Kunstnerens hustru ved kakkelovnen」, 1898.

2장

에밀 클라우스,「금발 머리의 소녀Jeune fille aux cheveux blonds」, 연도 미상

빌헬름 해머쇠이,「어린 너도밤나무 숲Ung bøgeskov (Frederiksvær k)」, 1904

존 에버렛 밀레이,「예스 혹은 노Yes or No」, 1871

안나 안커,「수확의 시간I høstens tid」, 1901

차일드 하삼,「여름 햇살Summer Sunlight」, 1892

알퐁스 오스베르,「저녁의 고요 속에서Dans le calme du soir」, 1897

펠릭스 발로통,「꽃다발Le Bouquet」, 1922

윌리엄 부그로,「레몬Le Citron」, 1899

아서 해커,「템스 강에서의 뱃놀이Punting on the Thames」, 1901

3장

에드워드 헨리 포트하스트, 「여름날, 브라이턴 해변Summer Day, Brighton Beach」, 연도미상

코르넬리스 알버트 판 아센델프트, 「양치기와 양Herder met schapen」, 연도 미상

카를 슈피츠베크, 「골짜기를 바라보며Blick ins Tal」, 1860

알퐁스 오스베르, 「고대의 저녁Soir antique」, 1908

로리츠 안데르센 링, 「아침 식사에서Ved frokostbordet og morgenaviserne」, 1898

한스 안데르센 브렌데킬데, 「가을의 숲길Wooded Path in Autumn」, 1902

프레더릭 칼 프리세케, 「창Window」, 1915

귀스타브 카유보트, 「앙리 코르디에Henri Cordier」, 1883

빌헬름 해머쇠이, 「화가의 아내 - 뒤에서 본 실내Interiør med kunstnerens hustru set fra ryggen」, 1901

크리스티안 헤어트, 「활엽수림Laubwald」, 1835

<u>4장</u>

에리크 헤닝센, 「아침 산책Morgenturen」, 1907

비고 페데르센, 「거실의 햇살: 화가의 아내와 아이Solskini

dagligstuen. Kunstnerens hustru og barn」, 1888

카를 슈피츠베크, 「홀아비Der Witwer」, 1844

차일드 하삼, 「남쪽 절벽, 애플도어The South Ledges, Appledore」,

1913

가에타노 키에리치, 「적절한 순간Il momento propizio」, 1882

호아킨 소로야, 「해변의 안토니오 가르시아Antonio García en la

playa」, 1909

구스타브 카유보트, 「오르막길Chemin Montant」, 1881

차일드 하삼, 「햇볕 속에서In The Sun」, 1888

앙리 드 툴루즈-로트레크, 「침대에서Dans le lit」, 1893

설레는 이에겐 모든 날이 봄입니다

초판 1쇄 발행 2025년 9월 24일

지은이 오평선
펴낸이 김선준

편집이사 서선행
기획편집 이주영 **편집1팀** 김송은, 천혜진
디자인 김세민
마케팅팀 권두리, 이진규, 신동빈
홍보팀 조아란, 장태수, 이은정, 권희, 박미정, 조문정, 이건희, 박지훈, 송수연, 김수빈
경영관리팀 송현주, 윤이경, 임해랑, 정수연

펴낸곳 (주)콘텐츠그룹 포레스트 **출판등록** 2021년 4월 16일 제2021-000079호
주소 서울시 영등포구 여의대로 108 파크원타워1, 28층
전화 02) 332-5855 **팩스** 070) 4170-4865
홈페이지 www.forestbooks.co.kr
종이 (주)월드페이퍼 **출력·인쇄·후가공** 더블비 **제본** 책공감

ISBN 979-11-94530-67-1 03810

㈜콘텐츠그룹 포레스트는 독자 여러분의 책에 관한 아이디어와 원고 투고를 기다리고 있습니다. 책 출간을 원하시는 분은 이메일 writer@forestbooks.co.kr로 간단한 개요와 취지, 연락처 등을 보내주세요. '독자의 꿈이 이뤄지는 숲, 포레스트'에서 작가의 꿈을 이루세요.